W9-AGZ-167

升级版 SHENGJI BAN

国际大奖小说

苹果树上的外婆

Die Omama Im Apfelbaum

[奥] 米拉·洛贝 / 著
[奥] 祖西·魏格尔 / 绘
张桂贞 / 译

新蕾出版社

图书在版编目 (CIP) 数据

苹果树上的外婆/(奥)洛贝著;(奥)魏格尔绘;张桂贞译.
—天津:新蕾出版社,2011.1(2011.4 重印)
(国际大奖小说·升级版)
ISBN 978-7-5307-4976-0
Ⅰ.①苹…
Ⅱ.①洛…②魏…③张…
Ⅲ.①儿童文学-中篇小说-奥地利-现代
Ⅳ.①I521.84
中国版本图书馆 CIP 数据核字(2010)第 230239 号

津图登字:02-2005-145

出版发行:新蕾出版社
e-mail:newbuds@public.tpt.tj.cn
http://www.newbuds.cn
地　　址:天津市和平区西康路 35 号(300051)
出 版 人:纪秀荣
电　　话:总编办(022)23332422
　　　　　发行部(022)23332676　23332677
传　　真:(022)23332422
经　　销:全国新华书店
印　　刷:山东新华印刷厂德州厂
开　　本:880mm×1230mm　1/32
字　　数:45 千字
印　　张:4.75
版　　次:2011 年 4 月第 1 版第 2 次印刷
定　　价:15.00 元

一辈子的书

梅子涵

亲近文学

一个希望优秀的人，是应该亲近文学的。亲近文学的方式当然就是阅读。阅读那些经典和杰作，在故事和语言间得到和世俗不一样的气息，优雅的心情和感觉在这同时也就滋生出来；还有很多的智慧和见解，是你在受教育的课堂上和别的书里难以如此生动和有趣地看见的。慢慢地，慢慢地，这阅读就使你有了格调，有了不平庸的眼睛。其实谁不知道，十有八九你是不可能成为一个文学家的，而是当了电脑工程师、建筑设计师……可是亲近文学怎么就是为了要成为文学家，成为一个写小说的人呢？文学是抚摸所有人的灵魂的，如果真有一种叫作“灵魂”的东西的话。文学是这样的一盏灯，只要你亲近过它，那么不管你是在怎样的境遇里，每天从事怎样的职业和怎样地操持，是设计房子还是打制家具，它都会无声无息地照亮你，使你可能为一个城市、一个家庭的房间又添置了经典，添置了可以供世代的人去欣赏和享受的美，而不是才过了几年，人们已经在说，哎哟，好难看哟！

谁会不想要这样的一盏灯呢？

阅读优秀

文学是很丰富的，各种各样。但是它又的确分成优秀和平庸。我们哪怕可以活上三百岁，有很充裕的时间，还是有理由只阅读优秀的，而拒绝平庸的。所以一代一代年长的人总是劝说年轻的人："阅读经典！"这是他们的前人告诉他们的，他们也有了深切的体会，所以再来告诉他们的后代。

这是人类的生命关怀。

美国诗人惠特曼有一首诗：《有一个孩子向前走去》。诗里说：

> 有一个孩子每天向前走去，
> 他看见最初的东西，他就变成那东西，
> 那东西就变成了他的一部分……

如果是早开的紫丁香，那么它会变成这个孩子的一

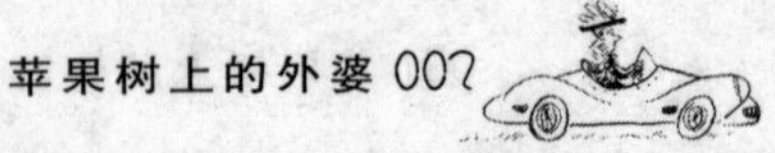

部分；如果是杂乱的野草，那么它也会变成这个孩子的一部分。

我们都想看见一个孩子一步步地走进经典里去，走进优秀。

优秀和经典的书，不是只有那些很久年代以前的才是，只是安徒生，只是托尔斯泰，只是鲁迅；当代也有不少。只不过是我们不知道，所以没有告诉你；你的父母不知道，所以没有告诉你；你的老师可能也不知道，所以也没有告诉你。我们都已经看见了这种"不知道"所造成的阅读的稀少了。我们很焦急，所以我们总是非常热心地对你们说，它们在哪里，是什么书名，在哪儿可以买到。我就好想为你们开一张大书单，可以供你们去寻找、得到。像英国作家斯蒂文生写的那个李利一样，每天快要天黑的时候，他就拿着提灯和梯子走过来，在每一家的门口，把街灯点亮。我们也想当一个点灯的人，让你们在光亮中可以看见，看见那一本本被奇特地写出来的书，夜晚梦见里面的故事，白天的时候也必然想起和流连。一个孩子一天天地向前走去，长大了，很有知识，很有技能，还善良和有诗意，语言斯文……

同样是长大，那会多么不一样！

自己的书

优秀的文学书,也有不同。有很多是写给成年人的,也有专门写给孩子和青少年的。专门为孩子和青少年写文学书,不是从古就有的,而是历史不长。可是已经写出来的足以称得上琳琅和灿烂了。它可以算作是这二三百年来我们的文学里最值得炫耀的事情之一,几乎任何一本统计世纪文学成就的大书里都不会忘记写上这一笔,而且写上一个个具体的灿烂书名。

它们是我们自己的书。合乎年纪,合乎趣味,快活地笑或是严肃地思考,都是立在敬重我们生命的角度,不假冒天真,也不故意深刻。

它们是长大的人一生忘记不了的书,长大以后,他们才知道,原来这样的书,这些书里的故事和美妙,在长大之后读的文学书里再难遇见,可是因为他们读过了,所以没有遗憾。他们会这样劝说:“读一读吧,要不会遗憾的。”

我们不要像安徒生写的那棵小枞树,老急着长大,老以为自己已经长大,不理睬照射它的那么温暖的太阳光和充分的新鲜空气,连飞翔过去的小鸟,和早晨与晚间飘过去的红云也一点儿都不感兴趣,老想着我长大

了，我长大了。

“请你跟我们一道享受你的生活吧！”太阳光说。

“请你在自由中享受你新鲜的青春吧！”空气说。

“请你尽情地阅读属于你的年龄的文学书吧！”梅子涵说。

现在的这些“国际大奖小说”就是这样的书。

它们真是非常好，读完了，放进你自己的书架，你永远也不会抽离的。

很多年后，你当父亲、母亲了，你会对儿子、女儿说：“读一读它们，我的孩子！”

你还会当爷爷、奶奶、外公和外婆，你会对孙辈们说：“读一读它们吧，我都珍藏了一辈子了！”

一辈子的书。

目录

Die Omama Im Apfelbaum

苹果树上的外婆

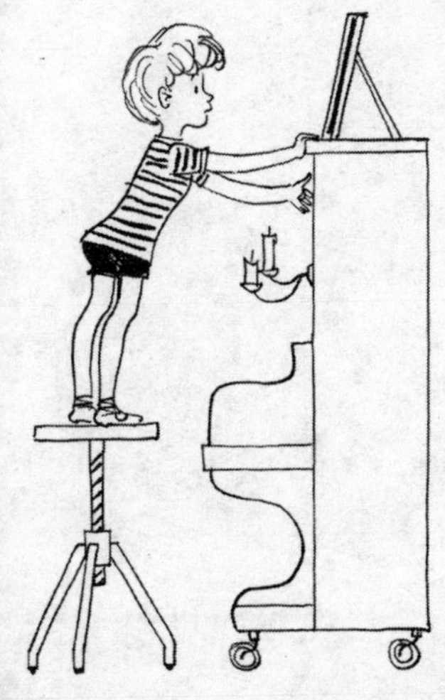

第一章

安迪有了外婆

几乎所有的孩子都有外婆和奶奶，可是安迪没有，这让他很伤心。

有时，他不得不一大早就琢磨起这件事儿来。

比如今天吧，他在上学的路上碰见他的朋友格哈德，格哈德的家与安迪的家只隔着几栋房子。

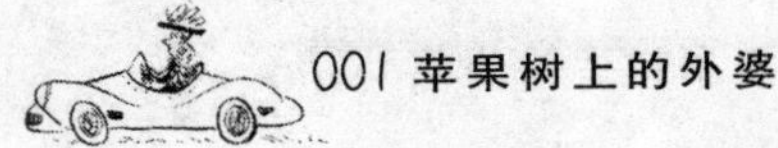

安迪问："你今天下午来找我玩吗？我们一起在苹果树上搭一个凉棚，好吗？"

格哈德说："今天下午我不能来。我和我外婆去坐旋转木马。"

安迪感到内心深处有一种轻微的刺痛。他想象得出来：格哈德怎样坐在一匹木马上来回转圈儿，木马怎样忽上忽下跑动，音乐怎样伴奏；格哈德的外婆怎样站在下面，当格哈德从她身边转过时，她怎样向他招手……

安迪的第二个朋友叫罗伯特，上课时，安迪和他同坐一条长椅。课间休息时，安迪用自己的黄油面包换罗伯特的黑面包吃。

"你今天下午到我家来玩吗？我们可以在苹果树上……"

“今天下午我们家有客人来!”罗伯特打断了安迪的话,“我奶奶从美国到这儿来,她一定会给我带来满满一箱子玩具。她向我打招呼时,不说‘你好,罗伯特’,而说‘哈啰,警察’,你想不到吧?”

“为什么?”安迪问,“为什么她说‘哈啰,警察’?”

“因为‘罗伯特’在英语里是‘警察’的意思,‘你好’就说‘哈啰’。[①]她是坐飞机来的,你也想不到吧?”

安迪心中又感到一阵刺痛。课间休息结束了,罗伯特答应安迪,明天给他详细地讲奶奶带给他的玩具箱里都有些什么。

下午,安迪只好独自一人坐在苹果树上。苹果树枝繁叶茂,待在这个藏身之处既舒适,又便于观察。这棵苹果树长在房子和大街之间的屋前小花园里,所以安迪从

① 在英文口语中,罗伯特(Robert)是“警察”的意思;“哈啰”即英文单词Hello的音译。——译者注

树上可以看到下面发生的一切；可是，从大街上却看不到树上还坐着一个小男孩，不过，谁要是仔细看，就会发现树叶之间摇晃着两条赤腿，树下草地上还摆着一双满是灰尘的凉鞋。安迪已经把凉棚的顶子带到树上去了，可是自己一个人来搭凉棚，他根本提不起兴趣。安迪想着格哈德和跟格哈德玩旋转木马的外婆，想着罗伯特和对罗伯特说“哈啰，警察!”的奶奶。安迪在树上再也待不住了，他爬下来，围着房子跑来跑去。安迪的母亲坐在楼梯的最上一层台阶上。她把猎獾狗贝洛夹在两膝中间，

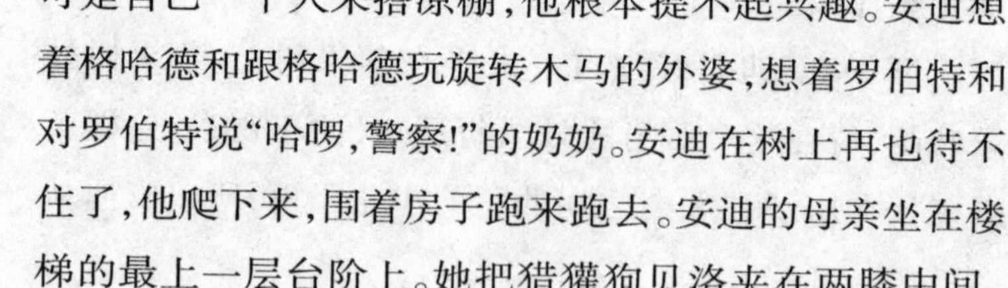

正用刷子梳理它的毛。本来安迪的姐姐克里斯特尔承担了每天给贝洛梳毛的活儿，可她总是忘记去做，正像安迪的哥哥约尔格忘记刷鞋和安迪忘记喂金仓鼠一样，所以母亲不得不管起这件事。要不是母亲想着所有家务活儿的话，金仓鼠大概早就饿死了，那些鞋也肯定没人刷，贝洛的毛也会整天乱糟糟的，像一只长满铁丝般硬毛的猎狐犬，而不像现在这样，是一只漂亮的、闪着丝一般光泽的长毛猎獾狗了。

安迪坐到母亲身边。

“为什么我们家没有外婆和奶奶呢？”他问。

“以前告诉过你的呀，安迪！当你父亲还小的时候，奶奶去世了。这是很久很久以前的事了。后来在你出生前不久，外婆也去世了。”

“这也是很久很久以前的事了！”安迪说。

母亲轻轻地拍了一下贝洛，表示它的毛已经梳理完毕。母亲把安迪抱在怀里问：“没有外婆和奶奶有什么关系吗？”

安迪点点头。“所有的人都有外婆和奶奶，格哈德和罗伯特，所有的孩子。”

母亲双臂搂着安迪，轻轻地左右摇晃着他，好像他还是一个初生婴儿。

“但是你有父亲、我、约尔格和克里斯特尔，这还不

够吗?”

“还有贝洛!”安迪说。

贝洛摇着尾巴,站在最下面的台阶上向上望着,好像也想让母亲抚拍它。

安迪满心不高兴地嘟囔："格哈德的外婆和他一起去坐旋转木马，去'魔鬼宫'，和他玩他想玩的东西。过圣诞节时，外婆还给格哈德织了一顶绒线帽。"

"安迪!"母亲不再摇晃他了，说："在你的箱子里有三顶帽子，对吧?"

的确，安迪有足够多的帽子：一顶蓝色的旧帽子，原来是约尔格的；一顶红色的旧帽子，是克里斯特尔戴过的；一顶相当新的白帽子，是他过生日时父母给他买的。可是，在商店里买的帽子同奶奶编织的帽子可不一样。

"如果你真的那么喜欢的话，我可以给你织一顶格哈德那样的帽子。"母亲说。

安迪摇摇头，他根本不想让母亲为他编织帽子。母亲有那么多要干的事：早晨六点半，她就离开家，在一家大洗衣店工作到中午。她必须把沉重的衣物包抬到秤上，再把它抬下来，这是很费力的。可当她回到家后，工作才真正开始。她得做饭，打扫房间，用吸尘器吸尘，熨衣服，和约尔格一起学习，给贝洛梳毛……确实，她真的没有时间特别为已有三顶帽子的安迪编织绒线帽。

母亲说："下星期六下午，我们去游艺场，父亲、你和我。我们一起坐旋转木马。"

安迪没有回答。他知道父母不愿意去游艺场。母亲一坐木马就头晕，而父亲星期六最喜欢做的事就是待在

花园里。父亲不赞成去“魔鬼宫”，他说，去过“魔鬼宫”后会做噩梦。他说得没错儿，上次安迪和约尔格逛了“魔鬼宫”以后，安迪夜里睡不好觉，在梦中简直比在现实中更害怕。可尽管如此，安迪还是想再去一次。

“来!”母亲边站起来边说，“我给你看看外婆的照片。”

他们穿过走廊，走进客厅。放在钢琴上的玻璃相架里，镶着安迪幼儿时的照片，照片里的他惊异地望着周围世界，怀里紧紧搂着一只玩具兔子。母亲从大相册里找出一张照片，把它夹在那个相架中，再摆到钢琴上。

“好了!这样你就有你的外婆了。”母亲把安迪抱到钢琴椅上，把钢琴椅旋高，这跟坐旋转木马一样好玩儿。

“你看外婆，她是不是很和蔼可亲呀?”

为了放外婆的照片，不得不把安迪的照片拿出来，安迪对此有点儿不满意。但是他承认外婆看上去很幽默。她头戴一顶用羽毛装饰的帽子，帽下露出白色小弯鬈发，胳臂上挎着一个大绣花挎包。她穿的是一件旧式长裙，裙边下露出镶着白色花边的裤子。

母亲问：“你喜欢她吗?这张照片是过狂欢节时照的，这是你外婆在那天的化装舞会中的扮相。外婆觉得这张照片很有趣，常常拿给我们看。”

安迪说：“我也觉得这张照片很有趣。”

母亲说："我很高兴。"她把照片放回原处，就到厨房做果酱去了。

安迪一个人和外婆的照片待在一起，他仔细地端详着照片：羽饰帽子，白色鬈发，逗乐的笑脸，胳臂上的大挎包，裙子下面帅气的花边裤子。安迪从钢琴椅上爬下

来时，他已经确切地知道了外婆的模样。甚至当他闭上眼睛时，还能清晰地记起她的形象。

安迪慢慢地回到花园，向苹果树走去。他爬上了树，坐在树杈间，陷入了沉思。

外婆突然坐在了安迪的身旁。

安迪也不知道这事儿是怎么发生的。但是，她无疑就是他的外婆——同样的鬈发，同样的绣花大挎包……

"哈啰，安迪！"她说。

"哈啰，外婆！"安迪有些胆怯地回答。

"这苹果很酸吗？"她问。

"很酸！吃没熟的苹果会肚子疼的。"安迪冷静地说。

"那么我来一个。"外婆不假思索地从树枝上揪下一个草绿色的苹果，咔嚓咔嚓地吃了起来。

她感叹道："酸使人快乐！"又说，"你不想也来一个吗？如果他们责怪你的话，你就理直气壮地说：'是我外婆让我吃的。'"

安迪马上也摘了个苹果咬起来，苹果酸得令人难以忍受，他的身体禁不住收缩了一下。

外婆又说："另外……我给你带来了点儿什么。"

她把苹果叼在嘴里，在她的挎包里找了好一阵子。安迪想，大概她会掏出一个什么玩具来，可她掏出的是

一沓五颜六色的纸条：红的、蓝的、绿的、黄的……

外婆说："这全是游艺票。两张红色的，是坐旋转木马用的；两张绿色的，是去'魔鬼宫'的；两张蓝色的，是

打船形秋千的……”

“太好啦!我们现在就走吗?吃晚饭前我还得回到这里。”

他们从树上下来,尽管外婆身着长裙,手提挎包,但她腿脚非常利落,看得出她平时就喜爱运动。不过,安迪仍然比外婆下得稍快一些。

安迪迅速地穿上凉鞋,疑惑地抬头望着外婆,心里纳闷儿:外婆在他们出发之前,怎么没让他先回家洗澡、梳头发,再换一件干净的衬衫呢?不过外婆不这样要求,确实挺合安迪的心意。

他们手拉着手穿过街道去公共汽车站。不过不是外婆领着安迪,倒是安迪领着外婆。在过第一个路口时安迪就发现,外婆根本不注意车辆。是否来了一辆汽车,是绿灯亮了还是红灯亮了,对她来说都无所谓。她径直就走了过去。如果不是安迪注意的话,外婆肯定就被驶过来的摩托车撞着了。

“我们中间有一个人注意交通就够了。”外婆说,“我完全信任你!”

当双层公共汽车开过来的时候,外婆一个箭步登上汽车陡峭的螺旋扶梯,看起来毫不费劲儿。安迪跟在外婆的身后爬扶梯,在安迪眼前,她撩起裙子,露出好笑的花边裤。要知道,格哈德的外婆可是从来都不上汽车二

层的。

他们坐在最前面，紧挨着前窗玻璃，他们觉得自己俨然成了司机。外婆从挎包里取出两个方向盘，一个自己用，一个递给安迪。

“注意，转弯!”她喊道。她把方向盘向左转，同时身

体向左倾斜。差点儿靠在安迪身上。

“注意，转弯!”安迪也喊道。两个人都把方向盘向右转，他们的身体倒向另一边。

在车一路直行，无须注意来往车辆的时候，他们用司机的行话攀谈起来：“我认为你车开得太快，外婆!你最好轻踩油门。”外婆回答：“我开车从来不低于200迈!因为我是急性子。对了，我的后刹好像出了点儿毛病。”

“我马上就去查看。”安迪许诺道，“我们还得加点儿油，是加普通的还是高级的?”

外婆说:“高级的!我总是喜欢用最好的东西。”

他们在游艺场下了车，一路轻松愉快地溜达着，来

到卖气球的妇女和卖棉花糖的男子身边，又从卖香肠的货摊和抽奖轮盘棚子旁边走过。只要是感兴趣的地方，他们就停下来观看。每一场"旋转木马"结束时，就从那里传来音乐声和刺耳的铃声。

他们经过逗人发笑的"哈哈屋"，走向8字形"回旋滑道"。滑道上人们坐在小车里，小车发出隆隆声飞奔直下，笑声和尖叫声响成一片。

安迪决定不了玩什么。外婆把挎包里的各种游艺票搅乱，让安迪伸手进去抓。他拿到一张红色的，他们就去坐旋转木马，里边有上下跑动的马、天鹅和镀金马车，甚至还有蹦蹦跳跳的小鹿。外婆骑着小鹿，把挎包挂在鹿

角上，掏出编织活儿来。安迪坐在外婆前面的一匹木马上，与外婆相隔两排。他上下晃动着。

安迪转过身来喊道："外婆，你在编织什么呢？"

音乐声太吵了，外婆没听清安迪的话。但是当安迪踏着马镫直起身来时，他看到外婆正在编织一顶绒线帽。

他们一共坐了三次木马，一是因为坐木马这么好玩，二是因为正像外婆说的那样，如果坐的时间太短的话，就不值得把编织活儿拿出来做了。当他们重新站到地面上来的时候，觉得周围的一切还在旋转，他们不得不相互搀扶一下。然后，他们继续在那些棚子中间闲逛，琢磨着下一步该玩什么。左边的大抽奖轮盘发出嗒嗒的声音，右边射击场的枪弹爆出短促的尖锐响声。在他们面前的棚子里，一个胖妇人正大声喊着：

"大礼帽掉下来了！大礼帽又掉下来了！谁还没投？谁还想再投一次？"

"我们！"外婆喊道，"我们还没投，我们想来一次！"

这个棚子的背景是一个半人高的木墙隔板，隔板后面硬板纸做的滑稽人头正在来回移动，每个头上都戴着一顶大礼帽。

"多么文雅、尊贵的先生们呀！"外婆格格地笑着说，"看着，安迪！我们现在把他们高贵的帽子从头上打下

来!”

胖妇人递给外婆三个球。

“我们要是击中了,能得到什么东西?”安迪仔细打量着摆在两侧的诱人奖品:玩具、闹表、漂亮的盒装巧克力、纸花、香肠……

外婆闭上一只眼睛瞄准,将球投出。

砰的一声，第一顶礼帽飞落下来。那个文雅的先生帽子下面竟是个秃头。

“这真是太有趣了！”外婆嗤嗤地笑着又投出一个球。

砰的一声，第二顶帽子飞落下来。

砰，又是第三顶。

胖妇人又拿来一些球。安迪的面前堆起了很多奖品：一只戴着蓝色蝴蝶结的玩具熊、一大块巧克力、一个眼睛可以活动的娃娃。

“您还想在这里一直投掷下去吗？亲爱的夫人。”胖妇人担心地问。

“现在轮到我外孙了。”外婆说。

因为安迪个子太小，胖妇人不得不搬来一把椅子，是一把可以旋高的钢琴椅。外婆站在安迪的身后，安迪把球握在手里，外婆握住他拿球的手。在第三次，他击中了。胖妇人给了安迪一枝黄色的纸玫瑰花，安迪把它献给了自己的外婆。外婆特别高兴，她把帽子摘下来，把黄色的玫瑰花插在羽毛中间。

然后，他们接着往前走，边走边吃巧克力。

安迪问：“我要玩具熊和娃娃做什么呢？我早就不玩玩具熊了，娃娃我从来都不玩……”

“那么你就把它们送给别人吧！”外婆把最后一块巧克力塞进嘴里，问，“安迪，你一点儿也不饿吗？我想你一定很饿，想吃点儿什么，比如特别想吃蘸芥末酱的香肠。”

说起来，安迪几乎总想吃香肠，特别是想吃那种长的、一咬就喷出汁的香肠。

“我说对了吧！”外婆得意地说。

他们吃完香肠以后，外婆抹了抹嘴，辣得直吸气，

说："哎呀，芥末真是辣极了！现在要是吃点儿甜的东西就好了。你爱吃棉花糖吗？"

他们看着那卖棉花糖的人如何把两个粉红色的糖棉花球纺到小棒上去。

"嘀，太甜啦！"外婆说，"这上边要是有点儿辣的东西就好了。你认为蘸芥末酱的香肠怎么样？"

就这样，他们反复吃了好几轮，直到安迪感到饱得不能再吃了为止。外婆提议说，现在他们的体重正适合打“船形秋千”。外婆从挎包里拿出蓝色的游艺票，和安迪一同朝“船形秋千”走过去。铃声正好响了。

“等一等!”外婆喊道，“我得先把我的帽子别住，否则打秋千时，它会和所有的羽毛一起飞跑……”

“还有黄色的玫瑰花呢!”安迪说。

“对。要是它飞跑了，就太可惜了!”

当管理秋千的人把他们的娃娃、玩具熊和挎包存好之后，他们登上了船形秋千。要把秋千荡起来，可需要一些时间。他们紧紧抓住吊杆，先低低蹲下，再直起身来，累得气喘吁吁，汗流浃背。安迪感到全身的肌肉紧绷绷的，可是他们却越飞越高。当他们荡得很高时，外婆高兴得用阿尔卑斯山区居民的调子唱起歌来，一会儿用常声，一会儿用假声。她唱得和高山牧场上的牧民们一样好。去年夏天安迪曾在那里喝过牛奶。

人们站在下面看着他们，一些人向他们挥手。他们把秋千荡得这么高，让大家都感到惊奇。

“抓紧，安迪!”外婆在两首歌连唱的空当喊道，“现在我们翻一个跟头!”

嘿!他们头朝下翻了个跟头，又从另一侧飞下来。幸好外婆已经把她的帽子别紧了。下面的人们鼓起掌来。

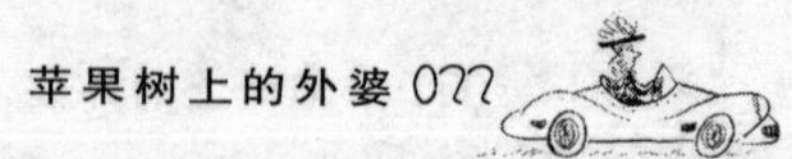

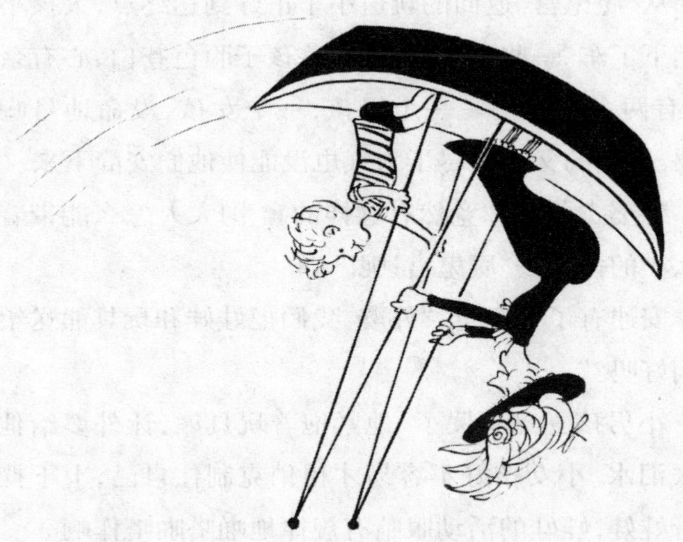

“现在我们干什么?”在他们不停地往前走时,外婆问道。

“参观‘魔鬼宫’怎么样?”外婆在头顶上挥动着绿色的游艺票。安迪还拿不准自己对这项活动有没有兴趣。

从"魔鬼宫"返回的轨道小车正好到达终点，大孩小孩们下了车。一些孩子笑着，一些孩子脸色苍白，心有余悸。有两个小孩——一个男孩，一个女孩，没命地号啕大哭。他们的父亲费尽了力气也没能使他们安静下来。

外婆责备道："竟然有这样的蠢事!大人怎么能带着这么小的孩子去'魔鬼宫'呢!"

安迪有了个主意："外婆，我们把娃娃和玩具熊送给他们好吗?"

小男孩立刻不哭了，他紧抱着玩具熊，让外婆给他擦去泪水。小女孩好不容易才稍稍克制住自己，上下摆弄着娃娃，娃娃的活动眼睛有规律地啪嗒啪嗒作响。

"尊敬的先生!"外婆说，"您还算运气好，碰到了我外孙。否则，您的孩子们今天夜里准会做噩梦的。"

那位父亲摘下帽子表示感谢，孩子们也道了谢，然后一起走了。

安迪和外婆刚要走，外婆突然发现，她把绿色的游艺票弄丢了，哪儿都找不到——挎包里没有，地上也没有。大概在她给小男孩擦眼泪时，这些票从手中飘落下来，风把它们吹跑了。

"这没什么，外婆!"安迪安慰她说，"我们干脆下次再去 '魔鬼宫'吧。我现在也必须马上回家了，不然就错过晚饭时间了。"

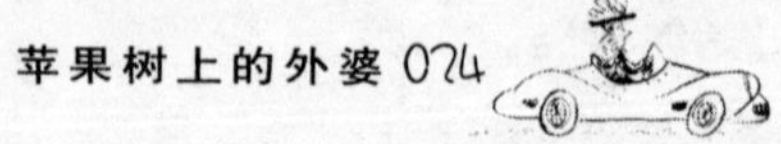

他们从棚子和旋转木马之间慢慢地走向游艺场出口。在碰碰车车场前，安迪停住脚步。那些小汽车闪着蓝光，漫无目的地交叉往返，相互紧靠着，砰地撞上了，再继续往前开。

在外婆挎包的最底下还有两张淡紫色的游艺票。

“安迪，来最后一轮怎么样？你想玩吗？”

他们坐进一辆涂了红漆的赛车，外婆让安迪驾驶。起初他小心翼翼地开车，但后来他变得胆大了，在场地

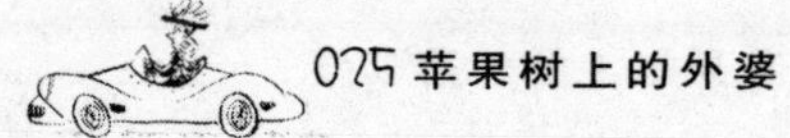

上疯狂地飞驰，无目的地跑来跑去。这真是一种极大的乐趣！每当安迪撞上另一辆汽车时，外婆都高兴得尖叫起来。车场中有一个充气的肥胖假人，它挥动着双手，四处挪动。它戴着一顶圆顶硬礼帽，嘴里叼着香烟。每当一辆汽车朝着假人开过去的时候，它就把手扬起来，鼻子发出红光。每当安迪驶向这个假人时，外婆就发出更兴奋的尖叫声。

外婆格格地笑着说："它多么激动!快，安迪!再朝它那儿开近一点儿，好让它的鼻子发光!"

很快,游戏结束了。他们必须回家了。

这次他们乘坐的是有轨电车。他们没有进到车厢里面去,而是站在车厢外供乘客通过的走道上,在拥挤的人群之中,他们被来回推撞着。

“外婆,”安迪轻声问,“明天你还来吗?”

外婆大概没听见他的话,她目不转睛地朝上看,看着电车的天花板,好像那里有什么特别的东西一样。安迪也向那里看去,但是除了垂在拱形顶子下面、行车时左右摇晃的皮制紧急刹车铃绳之外,他什么也没看到。

“喂,安迪,”外婆在安迪的耳边轻声说,“我对拉铃绳有点儿兴趣。”

安迪害怕地小声回答:“这是不允许的,你会为此交纳罚金!”

外婆叹了一口气,仍旧朝上看着说:“但是,要是我对此有极大的兴趣呢……”

这时,电车急转弯,所有的人紧抓住扶手,只有外婆放开了把手。她摇摇晃晃地在空中挥动着双臂寻找可扶之处,嚷着“救命呀!”并在最后一刻正好拽住铃绳。一声刺耳的铃响,电车刹住了,人们摔倒了,车上一片混乱。但是,在售票员和司机以及其他人开始责备之前,外婆就喊道:“对不起,我差一点儿摔倒,两条腿差点儿骨折啦!”

这位戴着羽饰帽子、满头白色鬈发的外婆，一边说着一边点着头，表示歉意。

于是售票员说："多么可爱的一位老人!要是真骨折了，那就太糟糕了!幸好她抓住了铃绳!"

"是啊，真的!多么幸运啊!"人们都说。

过了一会儿，安迪和外婆该下车了。他们急匆匆地回家去。当他们爬上苹果树时，安迪的母亲正穿过花园喊着："克里斯特尔!约尔格!安迪!吃晚饭啦!"

"明天你还来吗?"安迪再一次问外婆，可是他没听到回答。外婆消失了，就像她到来时那样神秘。

第二章

恼人的拼写法

晚饭有加蜜饯的麦糁饼丝，这是令人高兴的，因为带蜜饯的麦糁饼丝是安迪最爱吃的。但是今天安迪并不像以前那样开心，他没有食欲，是因为他吃了青苹果，还是吃了蘸了许多芥末酱的香肠，还是因为吃了棉花糖呢？

大家坐下来吃饭，父亲、母亲、克里斯特尔和安迪，就是少了约尔格。

“你非得最后一个到吗？”当约尔格终于走过来时，父亲问道。

“我在看书。”约尔格辩解道，“书里有关于在印度捕猎老虎的故事，这是最棒的！”

“除了有关海盗的书。”克里斯特尔轻轻咳嗽了一声，学着约尔格的口气，“到现在为止，只有有关海盗的书才是最精彩的。”约尔格曾经很长时间除了海盗故事什么也不看。

他们坐在走廊里。鸟儿在外面的花园里唧唧喳喳地唱歌。一只苍头燕落在敞开的走廊窗户上，它简直像是驯养过的，当他们把面包碎屑给它放在桌边上，并静静地坐在那里时，它就扑棱着翅膀飞过来，啄起面包渣，然后飞走了。

“这鸟儿喜欢面包渣！”父亲说。

“我们也喜欢！”约尔格和克里斯特尔说。安迪面对盘子呆坐着，任凭红色的糖煮水果汤从他的勺里流到麦糁饼丝上。

约尔格取笑说：“安迪大概以为如果他给麦糁饼浇汁的话，麦糁饼还会生长呢！”

“你觉得它不好吃吗？”母亲问安迪。

“不，好吃。”安迪听话地把一满勺饼丝塞进嘴里。走廊上安静了片刻，只有那只苍头燕唧唧喳喳地飞来飞去。从花园里吹进来一阵微风，带来了草和花的清香，在晚上这股清香比白天更加浓郁。天渐渐黑了下来。

“你说说，克里斯特尔，”母亲问道，“今天下午你去哪儿了？安迪在苹果树上，约尔格去游泳了，你呢？”

克里斯特尔羞得脸红了，她坐直身子说：“在马术学校，和马在一起。”

“我的天啊，她又开始学骑马了。”约尔格喊道。

克里斯特尔很想学骑马，她在十五岁时就坚持要学骑马了。

“我已经打听过了，父亲，”克里斯特尔说，“如果我星期六下午在马厩里帮工三小时，我就可以免费骑一个小时的马。”

“那么，那些马会很高兴的。”约尔格冷笑道。

父亲看了看母亲，母亲看了看克里斯特尔。

“你在那儿究竟要干些什么活儿？”母亲想知道。

“哦，清除马厩中的粪便，用硬刷子刷洗马……”

“可是你从来不给贝洛梳毛，虽然你曾答应过这事儿。”母亲说。

约尔格嘲笑她：“给马厩清除粪便？你也得把马粪蛋铲到铁锹上去吧？”

“你这小子，约尔格！”父亲训斥道，“这不是吃饭时该谈论的话题！”他又对克里斯特尔说，“星期六下午我们去一趟马术学校，和马术教练谈谈。如果你为了你喜欢的事情去干活儿的话，我不反对。”

“谢谢，父亲。”克里斯特尔满脸欣喜地说。

“星期六不行！”母亲说，“我们还想和安迪去坐旋转木马呢。”

安迪的目光离开盘子看着母亲说：

“我已经去过了！”安迪本不想说但脱口而出。他感到难为情，用勺儿在水果汤里搅动着。

“你已经去过了？”母亲问，“什么时候？和谁去的？”

“今天下午，和我外婆。”

大家都停止了吃饭，目瞪口呆地注视着安迪。克里斯特尔是第一个开口说话的人。“安迪有外婆啦？这真是太新鲜啦！”

“我们怎么不认识她呢？”约尔格问，“你的外婆当然也是我们的，还是你有一个完全属于自己的外婆呢？”

“确实可能！”母亲用孩子们熟悉的警告语气说。她边说着，边向丈夫和安迪的哥哥、姐姐眨眨眼睛。安迪看得很清楚他们是如何使眼色的，他们使眼色意味着“他还小呢……”，“我们让他有自己的外婆吧！”他们认为这样哄着他挺好，可是安迪不想让别人把他当作婴儿看待。

他决定再也不提他的外婆了。

约尔格没有跟着一起使眼色。父亲叫他“你这小子”,他生气了,他立刻把火发泄出来:

“安迪在胡说八道!”他大声喊道,“他最好学学‘骆驼’这个词不该加‘h’什么的,并把他的麦糁饼吃光,而不要编造什么外婆啦!”

安迪很生气,约尔格竟然当着全家人用他不符合拼写法的错误来嘲笑他。虽然“骆驼”这个词与“面粉”这个词后半截念法完全相同,但谁知道“骆驼”与“面粉”有没有关系呢。①

安迪赌气地用勺儿舀着麦糁饼丝闷头儿吃着,直到盘子见了底儿。

吃完晚饭,安迪扭头就准备去睡觉,母亲跟着他进了洗澡间帮他洗澡。有些地方安迪自己很难洗到,他还常常忘了洗耳朵,甚至忘了刷牙,总之有母亲站在一边比较好。

---

① 德语的元音字母a、o、u、e等后如果只有一个辅音字母,则该元音字母读长音。元音字母后如果有字母h,则h不发音,该元音字母也读长音。如“骆驼”(Kamel)一词的e读长音;“面粉”(Mehl)一词的e也读长音。这两个词中的e发音相同,但拼写不同。——译者注

“安迪……”母亲温和地说，“你知道，你今天下午是独自一人在苹果树上，不是吗？”

安迪用手挤干海绵，不回答母亲的话。

母亲继续温和地说：“你知道，和你一起玩‘旋转木马’的外婆不是真实的外婆，而是一位凭空想象出来的……”

虽然从海绵中已经再也挤不出什么来了，但是安迪仍然用尽全力挤压着两手中间的海绵。他用恳求的目光看着母亲，希望她不要硬把外婆从他身边夺走……然后，安迪低下头装作检查牙膏帽儿是否拧紧了。

“安迪!”母亲让安迪转过身来面对自己，并看着他的眼睛。“你玩‘外婆’的游戏，没有人反对。只是你不应该忘记，这是一个想象出来的外婆。”

“她不是想象出来的!”安迪为自己辩护道，“约尔格才更会想象呢，想象出不带‘h’的‘骆驼’这个词!”

“别把不相干的事儿搅和在一起，安迪!约尔格的确不够友好。明天我给你做一次有关‘骆驼’的听写，直到你会写这个词为止。”

安迪得到母亲的晚安吻别，他很高兴，因为最后他不必答应母亲，不让外婆再来了。

第二天，安迪一直盼望着放学。课间休息时，当罗伯特讲述他美国奶奶的事和她给他带来的所有东西时，安

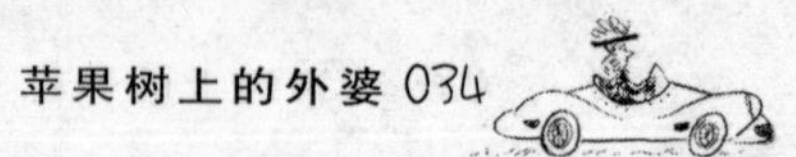

迪几乎没听进去。其中有一个大包全是地道的美国口香糖，罗伯特还送给安迪三块。

安迪急急忙忙回家，急急忙忙吃了午饭。他做家庭作业也很匆忙，可惜，当他把家庭作业交给母亲时，不得

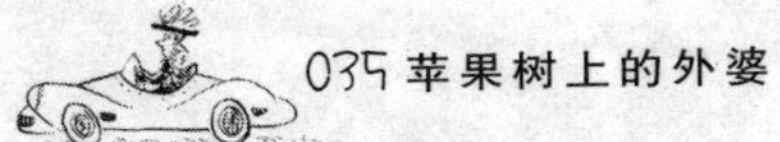

不把作业重写一遍。他希望，现在至少能免去昨天母亲提到的听写练习。但是母亲把一大堆要缝补的衣物放在他身旁，说："好吧！现在听写！我特意为了你一小时不干活儿，你不高兴吗，安迪？"

安迪当然认为坐在苹果树上更好一些。但是他没把这种想法说出来。

他在母亲搁下的纸条上方写上"听写"这个词。

"安迪，你在学校里也这么写吗？"

"不，在学校里写'口授'，学校里不做'听写'练习。"

"原来是这样。那么以后记住，'听写'这个词里没有字母'c'。现在你写：'人们不能命令骆驼在万灵节去偷面粉'。"

虽然安迪觉得这句话毫无意义，但他还是很听话地将它写下来了。母亲看了看。母亲怎么能既缝补衣服同

时又注视着纸条，这对安迪来说是个谜。“面粉”和 “骆驼”，安迪这次写对了。但是 “灵魂”这个词写错了，他多写了一个“h”。

“下面你要写一些带有长音‘e’的词。”母亲说，并背诵道，

“湖边的雪地里站着一只狍子。

当我看到站在雪中的狍子，

我的内心感到不安。”

安迪小声嘟囔着，就像贝洛在有人打扰它时发出呼噜声一样。这只湖边的狍子与安迪有什么相干？如果母亲因为这只狍子站在雪中而不是站在苜蓿地里而心中不安的话，那么让安迪坐在走廊上练习长“e”的拼写法

而不是坐在苹果树上，就更让他痛苦了。

母亲说："现在轮到长'o'了。你知道什么是昆虫中的懒汉吗？"

"雄蜂！"安迪迅速地回答，"除了与蜂王婚飞之外，它什么都不干。父亲给我讲过。"

"对，懒汉就是指游手好闲的人。你写这个单词时要记得加上'h'。现在你写：

懒汉应该身居皇位吗？

人们应该用皇冠来酬报他们吗？

人们还是应该用大炮把豆子射向这些懒汉呢？"

母亲的这些滑稽诗是从哪儿来的？"这是我的秘密！"母亲说，"你不认为写一首诗比简单地写Lohn、Ton、Sohn……更有趣吗？"

安迪耸耸肩膀。只要是拼写法，不管是不是诗，安迪无论如何也不会认为是有趣的事。他慢慢地写着："懒汉

应该……”他停下来。

“‘皇位’这个词有‘h’吗？”他问。

“是的，可这个字母出现在前面，这个‘h’紧跟着‘t’。”

“可恨的‘h’!”安迪恼怒地说，“我永远也记不住它!”

母亲承认，这确实有一点点可恨。安迪问母亲他写完这两个“懒汉”之后是不是可以走了。但是长“o”后面又轮到长“a”了。

鳗鲕在套子里说：

大厅里没有陈设。

最后一次我在山谷里

向钢柱问候。

安迪又像贝洛那样发出一阵呼噜的声音。母亲笑道：“如果你还呼噜，你可以马上接着写：

这个‘a’是安迪的烦恼，

无论是长的，还是短的，

对于他来说都一样。”

“完全一样!”安迪点点头。“我写完了吗？”安迪问，因为还有一个“u”没听写完，这个字母同样很容易出错。

母亲同意他们下次再做这个“u”的练习，不过安迪必须把他出的错儿算个总数，自己给自己打分。他得了“3-”，然后他改正错字。

当安迪把练习本放进书包的时候，母亲问他："你想知道这些诗的秘密，以作为对你的奖励吗？这些诗出自你的外婆之手，就是钢琴上摆着的那位。当我还是小姑娘时，像你一样总写错字。她每天让我听写她的短诗。'一大群欧椋鸟带着皮毛飞上天空'，全是这样离奇的句子……我总是急于想知道，她在第二天的练习中会想出什么花样来。最后，在按照拼写法规则书写方面，我在班上总是最好的一个。"

安迪可没打算成为"最好的"。每天听写诗——噢，不！他可不想！如果当时对母亲来说正确书写也很难的话，那么安迪大概是因为母亲的遗传才总写错字的吧？这么说来，安迪写错字或许就不是他的过错了。

安迪背着自己的书包走进寝室。当他从钢琴旁走过时，抬头望望外婆的照片，外婆幽默地微笑着——似乎安迪不得不为她那些狡猾的诗句所折磨，使她很开心。

"喂，等一下，外婆!"安迪跑进了花园……

第三章

去草原套野马

她已经在那里了！

安迪从下面看到树叶中间露出的外婆的黑色有带儿低帮鞋和白色花边裤子。她坐在上面，好像这里从来就是她常坐的座位一样。她正在编织安迪的绒线帽子。

“哈啰，安迪！”

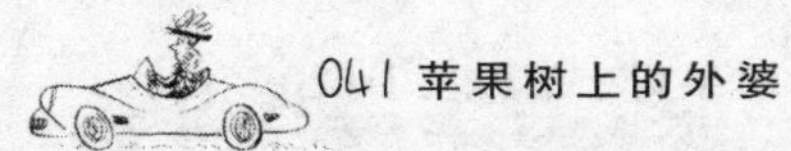

“哈啰,外婆!你已经等了好久了吗?”

她微笑着说:“多年以来我就在等。我得知,一大群欧椋鸟在你这儿做客……”

“你快别说了!”安迪请求着。他现在真的对这些诗句烦透了。外婆摇晃着她的挎包,说:“怎么样?我们今天做什么?”

“骑马!”安迪说,“你也许有一匹或是两匹吧?”

“可惜没有。”外婆在挎包里摸索了一遍,说,“但是有一块口香糖!”

安迪得到一块真正的美国口香糖,外婆也剥开一块,他们一声不吭地嚼着。口香糖黏得使人几乎不能说话。

“我们可以买两匹马!”外婆建议说,“一匹你骑,一

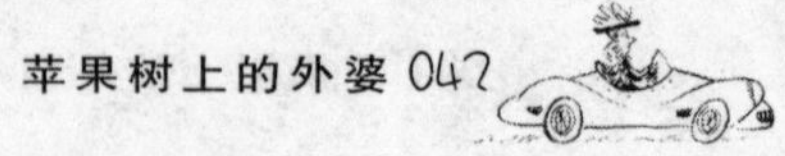

匹我骑。这不会多贵的！”

“不！”安迪反驳道，“很贵。我是从姐姐克里斯特尔和父亲那儿知道的。”

安迪又嚼了一会儿口香糖，然后问道：“你有钱吗，外婆？”

“看情况！”她把口香糖粘在身边的树杈上，说，“有时我很富有，那么我就给自己买一支新的羽毛插到帽子上，或者买一辆小汽车；有时我很穷，那么我就去树林里收集木头和挖树根，使自己不至于挨饿！”

她说起挨饿，就像安迪的童话书里描写的那样。在书里也经常出现搜集木头的情节。

“你在树林里也有小屋吗？”安迪问。

“那是一间怎样的小屋啊！那是一间歪歪斜斜、破旧的小茅舍。当冬天下雪时，我就用苔藓把裂缝堵塞好，使冷风吹不进来。有时我在门前雪地上铲出一条路，和一些兔子和狍子分享我最后剩余的一小块面包。”

“为的是它们不致饿死！”安迪补充道。他打算冬天去拜访外婆，并带去一些剩余的面包。在一间被雪深深覆盖的森林小茅舍里喂养兔子和狍子，这曾是安迪盼望已久的事。

外婆问：“现在回到骑马的提议上来吧。我们还骑不骑马？”

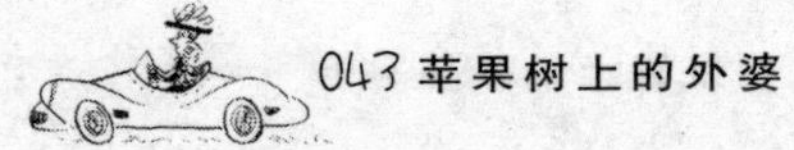

她从挎包里掏出钱袋，从她忧愁的“哎呀！我的天哪！”的叹息中，安迪听得出今天她没钱了。

她重新把钱袋的弹簧锁喀哒一声锁上，说：“那么我们除了开车去草原套两匹野马之外，别无选择。”

套野马！这也是安迪盼望已久的事！可是套马需要一副套索。虽然从外婆的挎包里取出过那么多奇妙的东西，但里头肯定没有套索！

“我马上就回来！”

安迪从树上爬下来，奔跑着穿过花园，到了地下室。他从洗衣间取出晾衣绳，又跑回来。他气喘吁吁地坐到树上的外婆身边。

“现在我们怎么去草原呢？”

“开我的小汽车！”外婆把手里的一小串钥匙晃得丁当响。安迪看出那是启动钥匙、后备箱钥匙、车门钥匙和加油小门的钥匙。可见外婆真的有一辆小汽车！安迪询问汽车牌子，对汽车牌子安迪熟悉得很。

“噢，就是普通的车。”外婆说着开始从树上往下爬。“我让人安装了一些小巧的机关，这样人们渴了或是想睡觉的时候就不用下车了。这些你会看到的。”

安迪跟着她下了树。

小汽车就停在苹果树下，是一辆天蓝色带红色皮靠垫的大敞篷赛车式小轿车。约尔格要是看到一定会说：

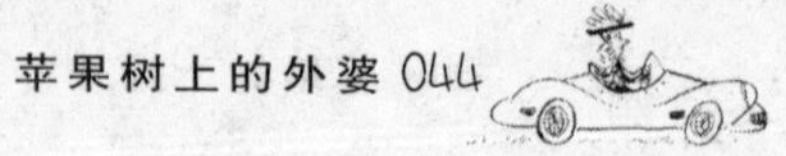

"棒极了。"

外婆坐在方向盘后面，转动启动钥匙，马达轰鸣起来。小汽车在花园里飞快地转了两圈……然后它穿过大门，闪电般飞奔到马路上去。他们穿越城市。安迪气派地向后靠在红色靠垫上，跷起二郎腿。人们羡慕地目送着这辆天蓝色小汽车，这使安迪感到格外高兴。他随意地向四面八方打招呼。突然，他的目光落在带有许多按钮、键和把手的配电盘上。他不再漫不经心地张望了，他好奇地向前挪动，坐到红皮坐垫的边上。

"我可以按吗？"他边问边试着按下了键。

按第一个键播放进行曲：击鼓声，吹号声，锵嘚拉哒哒。按第二个键播放儿童歌曲，外婆立刻随着唱，安迪也

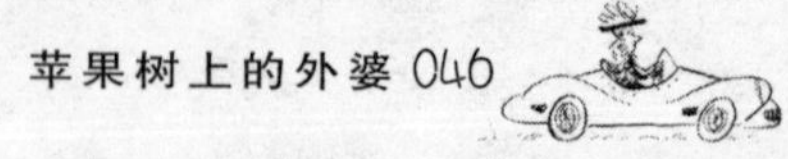

放开喉咙跟着唱起来。“一个小矮人站在树林里……”从天蓝色小汽车里传出多声部的歌声。交通警察惊异地注视着小汽车。虽然这个警察不是小矮人，而是一个身材正常的男子；他也不是站在树林里，而是站在十字路口处，但安迪仍然感到自豪，友好地向他挥着手。按第三个键播放管风琴协奏曲。按第四个键是歌剧合唱。就这样一直按到第十个键。当安迪按下第十个键时，传出圣诞音乐。不过他又很快地关上了，因为这种音乐在炎热的夏天乘车旅行时听起来实在不合适。

他们来到公路上。外婆车开得很快，为了消遣，安迪试着操纵那些把手。他刚把第一个把手拉出来，他坐的红皮座椅就开始向后倾斜，直到它像一张床一样水平放下。拉第二个把手，一个枕头垫到安迪的脑袋下面。拉第三个把手，一条香肠状的被子罩住他的双脚，这条被子自动往上展开直到安迪的下巴。

“在这样炎热的天气里我可享用不了这条被子。”外婆说，“你冷吗?听了圣诞音乐，常常会不自觉地感到寒冷。”

安迪把把手推回原处。被子和枕头消失了，床竖起来，又变成了一个座椅。

“确切地说我热，很热!”安迪说。

外婆眯起眼睛向上看着太阳说：“你打开白色的开关!”

安迪打开开关，突然从他和外婆身后的靠背中伸出两把彩色太阳伞。这两把太阳伞自转着，发出轻轻的嗡嗡声，它们装有能扇出凉风的电扇。

“舒服吧?”外婆问。

安迪点点头，转动一下黑色的开关，太阳伞又收了回去，出现了两把雨伞。代替电扇的是热风机。如果雨淋湿了雨伞，可以马上把它吹干。

“天哪!”安迪喊道。他赶紧让雨伞消失，取出能扇凉风的太阳伞。

“外婆，这一切都是你自己设计出来的吗?”

“没什么好大惊小怪的，我的父亲是一位发明家，你不知道吗?”

这安迪可不知道。但是他很高兴有一位发明家做他的曾外祖父。如果说安迪从母亲那里继承了拼写法的话，

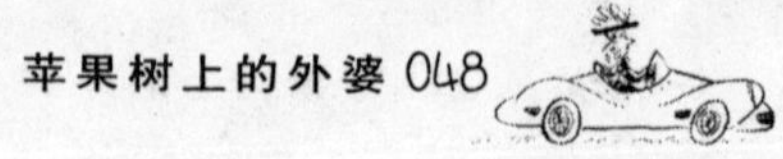

那么他大概也从曾外祖父那儿继承了发明的天分吧？

外婆又做出诉苦的样子，说：“我渴了！你按一下那个红色圆钮！”

安迪按了一下，一个小托盘转出来，托着一瓶覆盆子汽水和一个杯子。他给外婆斟了一杯，又为自己按了一下黄色的钮，因为他更喜欢柠檬汽水的味道。

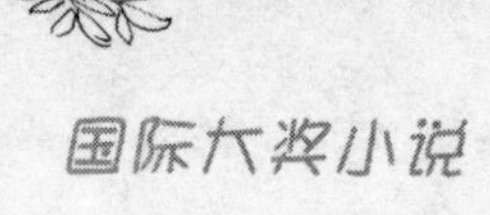

“按这些椭圆形小钮会出来什么呢?”

“你试试吧!”

又跳出几个小托盘,这次盘里装的是油炸面包、醋腌黄瓜、盒装夹心巧克力和肝泥丸子汤。

“我有个好主意!”外婆说,“我想喝肝泥丸子汤。你能跟我换班,代我驾驶一下汽车吗?”

外婆想调换一下座位。

“我来开车?不允许十八岁以下的孩子开车!”

“谁说的?允许!”外婆刹车发出刺耳的声音,她生气地摇晃着羽饰帽子,说,“什么事情都不允许孩子们做,你不认为这简直岂有此理吗?”

外婆大口地吧嗒吧嗒喝肝泥丸子汤,同时她一一列举着:

“不允许孩子们做什么?

喝水时出声音;

吃东西时吧嗒吧嗒响;

做鬼脸;

咬人和抓人;

打架和斗殴;

买催嚏粉;

舔盘子;

伸舌头;

这些都是严格禁止的！

要是谁喜欢做这些事儿，谁就应该学会文静、规矩些，做一只温顺的小绵羊！

无论如何我不喜欢这些规矩。

就这样吧，这首诗在这里结束。”

诗歌结束了，肝泥丸子汤也喝完了。这位作诗的外婆舔干净了盘子。

“你来开一会儿吧？不允许你开，可是你想开，是吗？”

“很想开！”安迪说。

外婆又按了一个钮，这次是一个四边形的钮，弹出来一个抽屉，里边放着一件旧式披肩斗篷。外婆把斗篷披在肩上，又把安迪抱在怀里，将他藏在宽大的斗篷下面。外婆把斗篷剪了两个洞，好让安迪向外看；还另外剪了两个洞，这样安迪就可以伸出手来把他的手放到方向盘上、外婆的手边。

于是，他们俩一起驾驶汽车。汽车飞快地驶过田野和草地、乡村和孤独的农庄。一群正在路上漫步的母牛受惊飞奔四散。鸭子和鹅被激怒了，拍打着翅膀，嘎嘎地叫。当他们大声按喇叭，飞驰而过时，一只褐色小母鸡由于受惊吓而下了它的第一只蛋。

“究竟什么时候我们才能到草原呢？”安迪在斗篷下

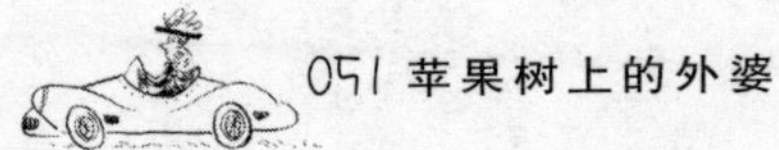

喊道。

“很快!我们直接去草原!”

草原位于山脉的后面。汽车沿着陡坡上的小路蜿蜒而上,然后开上摇摇晃晃的小木桥,越过一条湍急的山涧,爬上一座山峰,又从山的另一侧疾驶而下,来到草原上。

草原一望无际。安迪从斗篷下钻出来,因为草原上不会有交通警察记下他的姓名、地址。这里只有很高很硬的草,安迪下了车就被淹没在草丛之中了,即使是外婆,人们最多也只能看到她的羽饰帽子。安迪又爬回到红色皮座椅上,盼望着野马的出现。草原一直延伸到天边。有时从荒凉的草地上冒出几棵矮树或是一些灌木。只是在那最远的地方,隐约能看见一群什么东西在移动。当他们把车开得靠近一些时才辨认出,那些正是野马,它们的鬃毛在小跑中飘动。安迪和外婆已经听到马蹄猛击大地发出的低沉隆隆声,甚至听到野马的嘶鸣和打响鼻的声音。

“准备好套索,安迪!”外婆喊道,“你挑一挑,你想要哪一匹?我想要一匹白色的,这样我会觉得自己像一位王妃”

安迪想要一匹黑色的,他想让自己像一个强盗王。

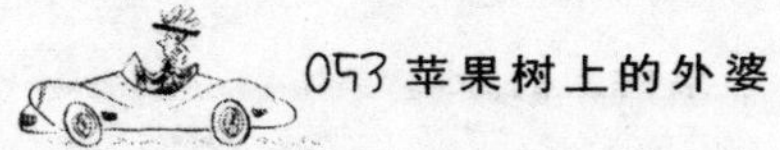

马群中跑在最前面的是一匹黑马，它的眼睛和漆黑的皮毛闪闪发光。它性情火暴，头高傲地向后扬着，因此安迪决定就选这一匹。

安迪深深吸了口气，用尽全力把套索抛了出去。套索在空中旋转，但是既套不到安迪的黑马，也套不到外

婆的白马，而是劈啪劈啪地打在奔马之间的草地上。马群已经发觉它们正在被人追捕。一场激烈的狩猎开始了。

安迪挑选的黑马受了惊，在前面飞奔起来，其他的马跟在后面奔跑，汽车在后面紧追着。一匹马只有一个

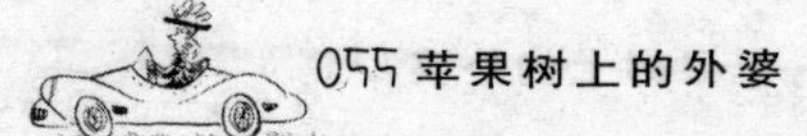

马力，可一辆小汽车至少有一百马力，所以他们很快就追上了那匹黑马。

这次，该轮到外婆抛套索了。她挥动绳索，在她的羽饰帽子上方快速地转了几个圆圈，大声喊道："哎！"套索飞了出去，套住了黑马马头，惊恐的黑马后腿腾跃而起。黑马野性大发，它向后甩着头，嘶鸣着，打着响鼻，伺机逃脱。

但是这一切都无助于黑马逃脱套索，尽管它拼命挣扎，发出怒吼，外婆还是紧握套索，把它越拉越近。

“安迪，从我的挎包里拿出一块糖来！我两只手都占着，驯服马匹没有比糖更好的东西了。”

安迪在挎包里找来找去，只找到口香糖，没有找到糖块。

口香糖或是糖块对黑马似乎都一样。它闻了闻，让外婆把口香糖塞到它的嘴里，它惊异地转动着眼珠：这种奇怪的东西它从来没吃过！它咬着、嚼着，把两只耳朵竖起来，它的牙齿再也不能正常开合了，这令它感到非常惊奇。它全神贯注地对付着嘴里这块不熟悉的东西，

把自己已被俘获这件事忘得一干二净，于是顺从地跟在汽车后面小跑起来。

“哎！”外婆又喊起来，在帽子上方旋转套索。这一次绳索套住了一匹白马的脖子，它的反抗远不像安迪的黑马那么强烈，只是害怕地嘶鸣着，想跟着逐渐消失在高高草丛中的马群后面跑。安迪也用口香糖喂了这匹白马，于是它也停止了嘶鸣，跟在汽车后面驯服地慢跑起来。

他们向草原边界驶去。外婆开车，安迪攥着松散地拴着黑马和白马的绳索。

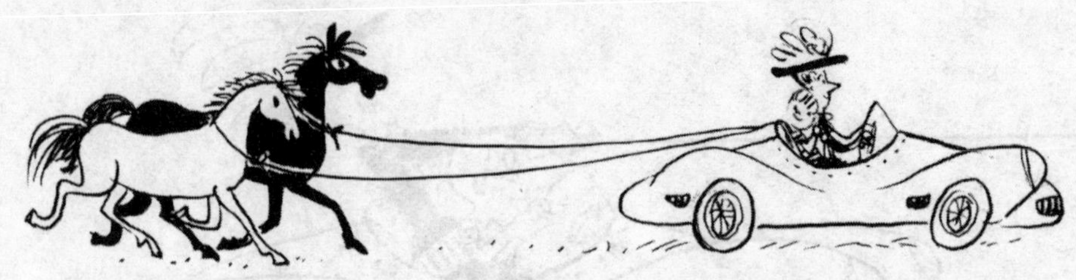

“你会驯马吗，安迪？等我们从高高的草丛中出来，我就教你怎么驯马。相信我，跟在后面的这两匹马完全可以养成按照咱俩的意图行事的习惯，而不再由着它们自己的性子。”外婆说。

安迪和外婆在草原和平坦的草地交界处停了下来。那两匹马一直在受着口香糖的煎熬。它们不耐烦地抖动

着鬃毛，用蹄子跺着地，扬起尘土。

外婆打响马鞭使马安静下来，她做得像一位马车夫那样好。然后她掰开白马的嘴，把黏成一团的口香糖取出来。白马很是感激，温顺地站着，很高兴那黏糊糊的一团终于被清除掉了。即使外婆现在纵身一跳骑到它的背上，它也会乖乖地一声不响，温顺地向前走。

安迪模仿着外婆的样子，勇敢地把手伸进黑马嘴里，给它清除了口香糖。然后安迪一跃跨上黑马马背，然而黑马不是感激地、顺从地驮着它的骑手，反而因受惊而吼叫着奔跑起来。它跳跃着，把头垂到前腿中间，向后乱踢乱蹬，一句话，它竭力要把骑手摔下来。虽然安迪用尽全力紧抓着马的鬃毛，但他还是滑到马腹下面吊在那里，他费了好大的劲儿才重新跨上马背。当他最终来到外婆身边时，他已经端坐在马背上，紧紧拽着黑色的马鬃。

外婆坐在她的白马上更像一位女王，因为对于王妃来说，外婆的确有点儿太老了。白马即刻听从了外婆的命令，外婆只需轻声地打一下响鞭，白马就顺从地、跳舞般地转着圈。外婆再大一点儿声打响鞭，白马便慢跑起来。外婆喊一声："嘿！"白马就开始快跑，像一匹赛马一样飞奔而去。

"你怎么能骑得这么好呢？"安迪钦佩地问。

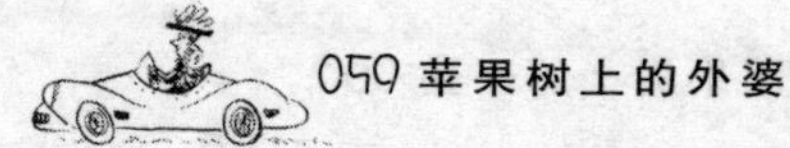

“哈哈，听着！我曾在马戏团待过很多年！”

安迪差点儿从马上摔下来。

“你曾在马戏团待过？你一定得给我讲讲关于马戏团的事！你在那儿做什么？艺术骑手吗？”

“什么都做过！艺术骑手、空中飞人表演者、高级射手、飞刀投掷者。只有吞军刀我不喜欢，这项表演太不合我

的心意了！把这样一把刀吞到肚子里，凉得要命。”

安迪唉声叹气，带着期待的口气说：“我也想去马戏团，可是我母亲不同意。当时你的父母二话没说就允许你去了吗？”

“我父亲可是马戏团团长。”

安迪差一点儿第二次从马上摔下来。“我想起来了，他是发明家！”

“起先他是发明家。后来他发明了一种新的笼子，在这种笼子里，狮子感觉像在沙漠里一样暖和，而旁边的北极熊却觉得像在北极一样寒冷。因为这项发明，所有的动物和马戏团的成员都感谢我父亲，所以父亲就留在他们那里，并且当了团长。”

“原来如此。”安迪说。他不反对他的曾外祖父曾经是一位马戏团团长。当他把马驾驭到外婆的马旁时，他又问外婆：“你驯养过老虎吗？”

“当然喽。”

“那么我们可以一同去打猎，去捉老虎了？”

“当然，我们明天就去。今天有点儿太晚了。”

这时，他们想起得回家了。一路上两匹马拉着汽车，越过山岭，穿过田野、草地和村庄，回到城里。天空阴沉沉的，太阳躲藏到云层里去了。

“天气多闷热啊！”外婆说，“这对去印度捕捉老虎来

说,可是一次很好的演习。噢,快下雨了。"

"印度远吗?"安迪问。

"相当远。印度在大海后面。幸亏我父亲是船长,他留给我一只帆船。"

安迪睁大了眼睛,但是什么也没说。他勉强接受了他有一个除了发明家和马戏团团长之外还是船长的曾外祖父这个事实。他是一位多才多艺的人……随着时间的推移,他的曾外孙安迪一定还会得知,除了这些之外他还从事过哪些职业。

"那是一只漂亮的大帆船。"外婆说,"这只船足可以

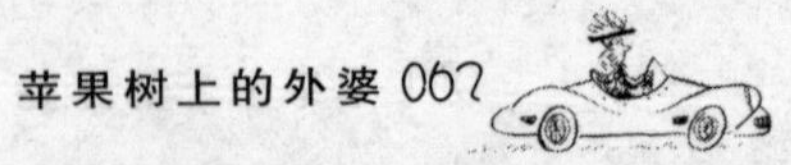

把我们的马和汽车全装下。”

他们骑着马走进花园大门，下了马又回到苹果树上。

“你帆船驾驶得好吗，外婆？”安迪问，“在海上航行危险吗？”

“只有当风暴来临时才危险。那时我必须再把我的帽子别紧，请你提醒我！”

“那么海盗呢？”安迪问，“你看我们半路上会遇上海盗吗？”

外婆否认了这一点：“可惜，现在再也没有海盗了！”

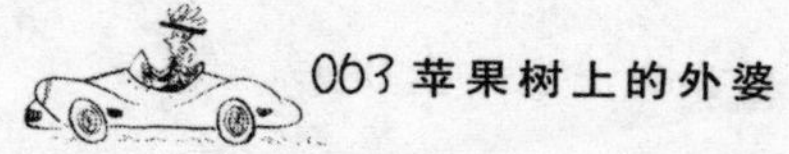

她遗憾地摇摇羽饰帽子，“当我父亲在各大洋航行时，他经常碰到海盗。但是现在的人们必须有很大的运气，才能碰到真正的海盗……”

约尔格从房子里出来，两只手放在嘴的前面像一个喇叭，喊道：“安迪，吃晚饭！”

“那就明天再见啦！”安迪说。

外婆向他点点头。

当安迪从树下抬头向上看时，外婆已经消失了。

第四章

不可思议的海上旅程

正像外婆预言的那样:开始下雨了。

安迪刚回到屋里,就落下了又大又热的雨点,开始时只是零星的雨点,后来雨点越落越快,越下越大。

今天的晚餐时间比平时愉快。雨点敲打着走廊的顶子,透过打开的窗户传来喝饱了雨水的热土地的气味。

花园在一层潮湿的雾气后面闪着绿光。

晚餐有带皮的土豆和一碗奶酪。奶酪与酸奶油调在一起，上面撒了剁得很碎的香葱，好像是一片绿草地。在香葱上面再放上小红萝卜薄片，宛如绿草地上开满白中带红的花朵。

全家快乐地大声交谈着，每个人都有一些可以谈起的事情：母亲说起了安迪的听写；约尔格述说了一场足球赛，他射进了两个球；克里斯特尔讲到了一个借给她马裤和马靴的小姑娘；父亲说起那台草地喷水器，最终父亲还是把它买了下来，但因为今天老天爷偏偏自己负责给草地浇水了，所以父亲没能试用一下这台喷水器。

“那么你呢，安迪？”母亲问，“你不给我们讲讲今天下午干了什么吗？”

安迪把碟子里的土豆压碎，把它放到掺有绿色香葱的奶酪里一起搅动，调成一碗精美的粥。如果母亲以为安迪就要开始谈外婆，谈神奇的小汽车和在草原上的套马经历的话，那么母亲就想错了。

“我什么也不想讲。”安迪说，“我倒想问点儿什么。”

“好的！”母亲说。

“你问吧！”父亲说。

“海盗究竟是些什么人？他们一天到晚在干什么？”安迪问。

约尔格马上回答他："这些人驾驶着快艇在海上飞驰，当他们看见一条船时，就野蛮地吼叫着，攻占这条船……"约尔格发出低沉的"呜!呜!"声，好像一支雾笛发出的声音，紧接着他又发出"哈!哈!"的吼叫声。

贝洛开始打起呼噜。

"约尔格!"母亲制止道，"别用你那些惊险故事来吓唬安迪啦!"

"什么是攻占?"安迪问。

"攻占就是夺取一条船。"约尔格解释道，"海盗们像猴子一样，从船的侧壁爬上来，牙齿间咬着刀子，要是他们登上船的话……"

克里斯特尔打断了他："他们要不吼叫、要不咬着刀子!两件事不可能同时进行!"

安迪坚持问下去："要是他们登上船的话到底会怎么样?"

"那么海盗就会与海员和船长搏斗，战斗进行得很激烈!"约尔格正在削土豆皮，他手里拿着刀子和叉子，比划着在空中朝左右刺去，嘴里还喊着"啊!""哈!"

"约尔格，你这小子，你马上离开这里!"母亲说。

"那么后来呢?"安迪问，"后来怎么样了?"

约尔格有教养地放下刀子，用一种温和而平静的女孩般的语调说："后来那些凶恶的海盗与那些优秀的海

员和出色的船长搏斗了很久。因为走廊上所有的人都担心小安迪今夜睡不好觉，所以这场战斗结局会很好。那些凶恶的海盗被打败了；海员们用船缆绳把海盗们捆绑起来，海盗们像襁褓中的婴儿一样被绳子团团捆扎着，再也动弹不得。”

“得了，别说了！”母亲喊着，并用手捂住约尔格的嘴说，“别再说可怕的故事了！另外，刚才说到船缆绳，我突然想起来：你们谁看见我的晾衣绳啦？”

安迪被一口饭呛了一下，大声咳嗽起来。他不得不向上伸开两臂，让克里斯特尔拍自己的后背。当他咳嗽完了又能说话时，大家已经谈论起其他内容了。

晚餐结束了，母亲把餐具端到厨房里去。安迪蹑手蹑脚地跟在母亲身后。

“晾衣绳挂在苹果树上。”他说，“要我现在把它取来吗？”

“它怎么会在苹果树上呢？这究竟是怎么回事？”母亲问。

“我们曾经用过它，当套索。”

“谁？你和外婆吗？”

安迪点点头，说：“套马用！”他的眼睛没看着母亲。

“你马上把晾衣绳给我送来！”母亲严厉地说。安迪不愿意去，外面黑洞洞的，而且地也很湿。

安迪低着头，向通往花园的厨房门走去。雨点打在他的脸上。

“我也许会滑落下来，因为树干又湿又滑。”他抱怨地说，“也许会从上面掉下来……”

“这我一点儿也不担心!”母亲丝毫不为所动，说，“你快去啊!”

安迪深深地吸了口气，低着头弯着腰，飞快地跑进雨里。

安迪在苹果树下脱掉凉鞋，爬到树上。啊，这里这么湿！当他抓住一根树枝时，雨水马上像一桶水一样浇到他头上，灌进领子里去，使他打了个寒战。

“你找到晾衣绳了吗？”母亲在树下喊道。她跟着安迪来到这里，由于安迪的过错，母亲也被淋湿了。

安迪把绳子缠绕在一起，扔了下去，他听到绳子落地的声音。当他又站到树下时，绳子还放在那儿，母亲已经先走了。安迪在厨房门前赶上了母亲。

“给你！”安迪把湿漉漉的一捆儿晾衣绳递给母亲。

“你把它送回洗衣间原来的地方！”

我的天哪！现在安迪还必须下到地下室，他不情愿晚上到那里去。

直到到了洗澡间以后，一直板着脸的母亲才又变得和蔼起来。她一边把安迪的湿头发擦干，一边说由于他们俩已经彻底淋浴过了，今天晚上她和安迪根本不需要洗澡……

在他们道晚安时，安迪问：“你生外婆的气了吗？”

“哎呀，安迪！我怎么会生那个根本不存在的人的气呢？”

“生我的气吗？”

“你确实让我有点儿生气。以后还会发生什么事呢？如果你明天认为外婆需要一个手提包或者一把雨伞，难

道你就干脆把我的手提包和你父亲的雨伞拿去挂到苹果树上吗?"

"绝对不会!"安迪保证说,"外婆不需要手提包,她有自己的挎包。雨伞她也不需要,雨伞可以从她的小汽车里长出来。"

"噢,安迪!"母亲叹息着,不再和安迪计较了。

雨下了整整一夜。清晨,安迪认为外婆今天绝不可能到潮湿的苹果树上来。但是中午时太阳出来了,下午又是夏天最好的天气。这种天气正适合越过海洋去猎虎。

外婆在比平时低一个树杈的地方等着安迪,以便能够很快动身。她说,去印度的旅行需要相当长的时间,特别是他们在海上还得与海盗搏斗。

他们坐上天蓝色小轿车直接开往停泊着帆船的最近的那个港口。两匹马小跑着跟在后面。

"啊嗬!"当外婆走过摇摇晃晃的跳板上船时用低沉的嗓音说,"我们把汽车和马拴在主桅杆上,这样它们在汹涌的波涛中就不至于越过船舷落水!"

"啊嗬!"是海员的行话,"落水"也是海员的行话。现在安迪必须习惯这些行话。

在起航之前,外婆又从她的挎包里取出各种各样意想不到的好东西:给安迪的一顶带有漂亮长飘带的海员

帽；给她自己的一顶船长帽和一支海员烟斗，这两样东西都是从当船长的曾外祖父手里传下来的。外婆把船长帽戴在羽饰帽子上面，又让安迪给她装满烟斗。

“我是一位地道的有经验的老海员！”她用低沉的嗓音说，“这个老海员在整个航行中都不会把自己的烟斗从‘食物舱口’上拿下来。”

外婆把嘴称为“食物舱口”，“舱口”，这又是海员的行话。安迪不得不长时间举着点燃的火柴，差点儿烧到他的手指。外婆舒舒服服地抽着烟斗，吐出浓浓的灰色烟雾。

港口里的人们感到十分惊奇。他们问：“那边是什么在冒烟？”“一只帆船刚才出海了，可现在它看上去像一

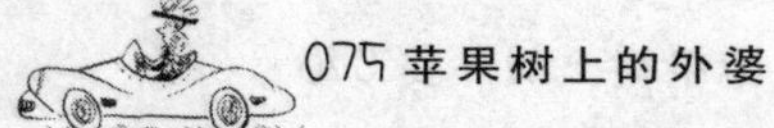

艘轮船!”

安迪忙得不可开交,除了船长一职之外,他要担任所有的职务:见习水手、海员、舵手和厨师——全船工作人员。他必须扬帆,包括大帆、中帆、小帆;他得擦甲板,绕起缆绳;他得爬上最高的桅杆观望是否有海盗出现,然后又下到舱房里,为自己和船长做饭。在繁杂的工作面前,安迪几乎手忙脚乱。

起初航行进行得很顺利。他们在清新的海风中快捷地行驶。可外婆说,海风在海员行话中从不是“清新的海风”,而是 “强劲的海风”。慢慢的,海风越来越强烈,后来,风暴来临了。

这时,安迪正在桅杆上眺望着。

“啊嗬!”外婆从下面喊道,“你看见海盗了吗?”

“啊嗬!”安迪喊着回答,“没有海盗。可是天空布满乌云!海是绿色的,巨浪来了!”

外婆系紧羽饰帽子,往手掌上吐口唾沫说:“现在开始干活儿!降下大帆!降下中帆!降下小帆!把所有的帆捆紧!准备好救生艇!鸣响警钟!全船工作人员紧急戒备!”

全船工作人员从桅杆上爬下来,鸣响警钟,降下所有的帆,把凡是能绑的东西都绑在桅杆和船栏杆上。

此时,风暴已经降临到他们头顶,风呼呼地刮着、呼啸着、怒吼着。房子般高的海浪把船抛得上上下下起伏,

几乎吞没了小船。

“啊嗬!”外婆在咆哮的狂风中喊着,“你还在那儿吗?”

“啊嗬!”安迪呼喊着回答,“是,船长!”

“风力十二级!”外婆喊着,“但愿你别晕船!”

安迪根本没有时间晕船,虽然他浑身湿透了,狂风把他甩来甩去,但他坚强地站稳脚跟,检查一切是否正常。那两匹想挣逃的马在狂风呼啸中大声嘶鸣、惊恐万状,就在安迪要使它们安静下来的时候,他听见有人喊:

“喂!树上的小家伙!”

第五章

新来的老奶奶

安迪从波涛汹涌的海上返回苹果树上还需要一段时间。树下站着一个穿蓝色工作服的陌生人，看上去像一位家具搬运工。

“嗨，小家伙!你没听见吗?这里是22号吗?”

“24号。”安迪不情愿地爬下两个树杈。

那个人摘下帽子搔了搔脑袋。他通红的脸上满是汗水。

“怎么会这样呢?”他嘟囔着，“最后一幢房子是20号,然后就是栅栏,上面没有门牌号,也没有户主的姓,紧接着就是这幢房子,应该是22号。我要把家具卸到22号!”

“22号在栅栏后面。”安迪解释说,“那不是一幢大房子,而且位于树中间,人们从外面看不到它。佐伊伯利希先生和太太就住在那儿。”

安迪差一点儿说成“佐伊埃利希”。[①]平时克里斯特尔和约尔格就是这样称呼22号的那对古怪夫妇的。这对夫妇没有孩子,从早到晚总是对左邻右舍发生的一切表示不满。

家具搬运工又把帽子戴到头上,生气地嚷道:“栅栏那边倒是有一个门,可是锁着!门铃都生锈了。”

安迪本来可以告诉他,那门铃不是生锈了,而是关掉了,为的是防止马路上的孩子们按了门铃就跑开;门锁着,是因为佐伊伯利希先生和太太不愿意有客来访……

① 德语中“佐伊伯利希”(Säuberlich)是姓氏,而“佐伊埃利希”(Säuerlich)是“性情乖僻”的意思。——译者注

“我现在怎么才能把家具搬进去呢?”那个人咕哝着。

“我可以从栅栏爬进去,从佐伊伯利希太太那儿取来花园门的钥匙。”安迪说,“……但是我不想去!”

“你不想去?!你这小子!”家具搬运工边说边迈着沉重的脚步走开了,发出咚咚的声音。

安迪盯着那个人如何在院子外面爬上他的车。那是一辆敞篷卡车,装满了箱子、盒子和旧式家具。

安迪又爬到较高的树杈上,眯起双眼等着,直到他又回到那只帆船上。风暴已经过去,外婆坐在船长室里,嘴里叼着烟斗,使劲抽着。

“啊嗬!”安迪有点儿难为情,他不知道外婆是不是对

他生气了，因为他在最最恶劣的暴风雨期间丢下了外婆不管。

“啊嗬!”外婆抽着烟应答着安迪。

“你碰到海盗了吗?”安迪问。

“好多个。我必须独自把他们击退，因为你不在这儿。现在你去看看，我们还要多久才能到达印度?”

安迪爬上瞭望台。

“陆地，啊嗬!”他叫起来，挥动着海员帽。

在蓝色的远方，海岸隐约可见……

“喂!小家伙!”又有人喊他。

这次是一位老奶奶，她站在苹果树下。“喂，小家伙，劳驾你帮我一个忙好吗?”

安迪屏气息声地坐着没有回答。他不想劳驾，更不想被人打搅，只想去印度猎老虎。

老奶奶走近了一步。

“很抱歉，小家伙!”她向上瞅着树杈大声说，“我不想打扰你，可是你不愿意我今天夜里睡在马路上吧?”

是的，安迪当然不愿意。

他除了缓慢地、拖拖拉拉地爬下来，没有其他办法，为的是使老奶奶感觉到，他对被打扰是多么不乐意。他坐在最下面的树杈上说：“我不叫小家伙，我叫安德烈亚

斯!"

安迪挑衅地看着老奶奶。她身材矮胖,灰白的头发向两边分梳着,一双棕色的眼睛和蔼可亲。她右手提着一个鸟笼子,里面有两只虎皮鹦鹉;左手提着一个提篮,看上去相当沉重。

"你不想下来吗,安德烈亚斯?"老奶奶问,"还是你喜欢居高临下地和别人交谈?"

安迪从树上跳下来,落到老奶奶面前的草地上。

"你好!"老奶奶说,"我是芬克太太,是你们的新邻居。家具搬运工说的话是真的吗?你可以拿到钥匙?"

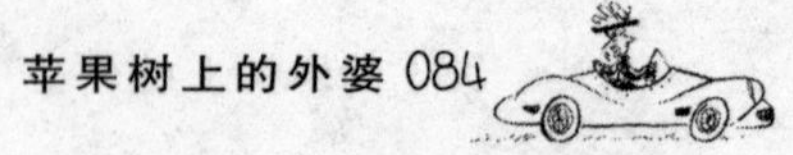

安迪往提篮里看了看，他看见一个玻璃缸，里面有几条鱼游来游去。

“我试试看能否拿到钥匙!”安迪说。

“你真好。”老奶奶心情显然轻松了，“等我安顿好了，请你一定来看我。你最喜欢吃哪种蛋糕?”

“李子蛋糕。”

“好。那么我给你烤一个大的李子蛋糕，让你吃得饱饱的。”

安迪跑到房子后面，穿过栅栏，爬了进去。这家邻居的房子盖得与他家的很相似。几阶台阶从花园通往屋里，可是走廊上没有人，通向房间的门是关着的。安迪敲了敲门。佐伊伯利希太太头发蓬乱地出现在门口，显然是安迪把她从睡梦中唤醒了。她显出一副非常生气的样子，吓得安迪直想掉头就跑。

安迪连忙说道：“家具搬运工站在外面，还有搬到这儿来的老奶奶。花园的门是锁着的。”

安迪得到了钥匙，把它送到街上去。这时，家具搬运工正在卸车。在铺石路面上放着各种各样的家具：桌子、椅子、抽屉柜和一些不值钱的东西，其中还有一台缝纫机和几盆花。鸟笼子和金鱼缸放在厨房餐具柜旁的衣物筐里。

佐伊伯利希太太只得打开正门，搬运工把第一批家

具往阁楼套房里搬。安迪跑在前面，以便告诉他怎么穿过狭窄的楼梯间而不碰到墙壁。安迪在楼上帮忙把家具挪到老奶奶想要的位置上。然后他又和搬运工奔下楼，去取下一批家具。搬运工搬一个重的，安迪就搬一个轻的，比如一条凳子或者一只桶、一把铁锹、一把扫帚。他还把花盆一个接一个地搬上去。阁楼里的几间小房间和那间更小的厨房很快就放满了东西。

佐伊伯利希太太站在大门口袖手旁观，对每件搬进去的家具评头论足。当安迪拿着一盏台灯从她身边走过时，她脸色难看地对老奶奶说："我要是您的话，是不会干这种傻事儿的!这小子是一个无所顾忌的小淘气!他会把您的所有东西都打碎的!"

"您不必担心!"老奶奶答道。

在楼上，安迪把台灯放在桌子上，台灯完好无损。后来老奶奶请他为放在地上的盆栽椴树取一个底座来。这时安迪正拿着一个盘子走进厨房，突然当啷一声响，盘子落在地上。安迪简直不明白，这事儿是怎么发生的。

老奶奶只是笑着说："没关系，碎碎平安!"

佐伊伯利希太太幸灾乐祸地看着他们说："瞧!究竟谁说得对?"

"我!"老奶奶说，"那只是一个已经有一条裂缝的旧盘子。损失一个旧盘子和这个小家伙给我这么大的帮助

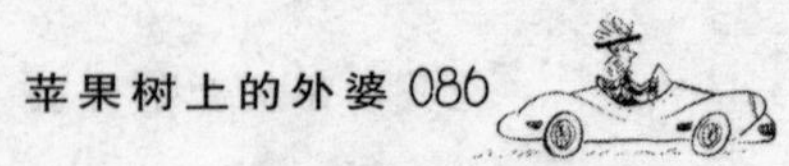

相比,算得了什么呢?”

最后一件家具——缝纫机被搬到了楼上。安迪帮忙把它挪到窗前。然后搬运工拿了工钱走了。

只剩下老奶奶和安迪待在箱子和盒子中间。“那么你呢?”老奶奶问,“你还不想走吗?”

安迪犹豫了,他走还是不走呢。

老奶奶叹息着环顾了一下乱七八糟的东西,“现在我究竟从哪里开始呢?”她有点儿束手无策。

鸟笼一直放在地上的衣物筐中,鹦鹉正在模仿小孩子尖声尖气地说话。

老奶奶对鹦鹉说:“你说得好,唧唧喳喳学舌的东西!我们就从你这儿开始!”老奶奶想弯下腰,但哎哟着又停了下来,摸摸自己的后背,呻吟着说:“这该死的风湿病!”她转向安迪:“你能把那两个唧唧喳喳学舌的东西放到抽屉柜上,再把那几条游来游去的东西放到它们旁边吗?”

安迪马上把鹦鹉笼提进屋里,然后把鱼缸端了进来。

“湿风病很疼吗?”安迪问。

老奶奶给他讲解,这不叫“湿风病”,而叫“风湿病”,这种病有时疼得重、有时疼得轻,这种病让很多人关节疼痛……

“没有治这种病的办法吗?”

“有。比如有一种夜里盖的防风湿病的被子，但是很贵……”

她给了安迪两个铁罐，一个装着鱼粉，一个装着鸟食，这样安迪可以喂鱼和鸟。

安迪告诉老奶奶：“我们家里有一只汪汪叫的东西，还有一只金仓鼠。”

“你下次到我这里来时，一定把它们带来。我很喜欢动物。”

“孩子呢？”

“孩子我更喜欢。”

这一点安迪可没想到。他紧紧地靠着老奶奶小声地说：“佐伊伯利希先生和太太就不喜欢孩子。”

“是吗？”

安迪轻声给老奶奶讲述，佐伊伯利希先生和太太是怎样一种令人不堪忍受的人。当安迪坐在走廊里吹笛子或是敲着锅盖大声唱歌时，他们便会马上跑过来抗议说谁也受不了这么吵；当约尔格在晚上举行他的小型烟火晚会，并不是真的燃放烟火而只是弄出烟雾和模仿噼噼啪啪的响声时，他们就小题大做地说要请来警察；当克里斯特尔和她的朋友们在草地上放着音乐练习舞蹈时，他们就生气地过来在安迪的父母面前发牢骚，说安迪父母有的是一些怎样缺乏教养的孩子。父母总是回答说，佐伊伯利希先生和太太既丝毫不喜欢音乐、烟火，也一点儿都不喜欢现代舞蹈，这让他们遗憾；但是就他们的孩子而言，并不比别人的孩子缺乏教养……

老奶奶坐在箱子上听安迪叙说。虽然还有好多活儿，但老奶奶为了听安迪讲述，还是让所有的东西搁置在那里。可是，老奶奶并没有赞同安迪对佐伊伯利希夫妇的看法。老奶奶只是对安迪说：“我厨房的窗户正朝着你们家的花园，这太好啦！我喜欢看烟火，也喜欢看现代舞蹈，我更盼望的是笛子演奏会。”

然后老奶奶站起来，舒展了一下双臂，用为难的口气说：“好吧，就聊到这儿!现在我得整理衣服了。你回家去吧。”

安迪想起外婆了。这时她早就在印度了，她肯定已经捉到第一只老虎了，但安迪没在场。

“那么，再见啦!”安迪在门口说。

“再见!非常感谢你的帮助。”老奶奶弯下腰，想把抽屉柜最下面的抽屉拉出来。不过，她没能拉出抽屉，呻吟着又直起身子。

安迪从门口跑了回来，他拉开抽屉，就势蹲在抽屉柜前面。他是那样同情老奶奶，他让老奶奶把床单递给他，一条，一条，又一条，并把它们整齐地放进抽屉里。接着是靠垫套、桌布、毛巾。

“就这样吧!”老奶奶说，“最上边的抽屉我自己可以整理了。”

“那么厨房的橱柜呢?”安迪问，“谁来整理厨房橱柜下面的那些东西呢?”

安迪走进厨房，把炒锅、煎锅和碗放进餐具柜。他干完这些活儿后，又看见地上大大小小的花盆。除了太大的盆栽椴树之外，他端起其他花盆在窗台上摆了一排。盆栽椴树的枝干又高又宽，所以就把它们捆在竹竿支架上，看上去好像屋子里长着一棵小树。

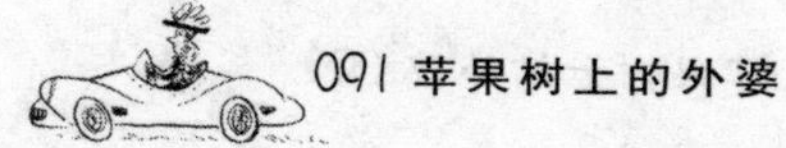

当安迪最后离开的时候，已经是差一刻七点了。七点钟吃晚饭。

“以后再来玩儿吧!”老奶奶说。

安迪从栅栏的缺口处钻了过去。克里斯特尔在走廊

上摆好了餐具,但是谁也没有察觉到安迪悄悄溜过走廊,跑到屋前花园的苹果树下。外婆还会在那里吗?

树上什么都没有,只有绿叶和苹果。没有黑色的低帮鞋,没有露着花边裤子的裙边……

爬到树上去已经没有意义了。外婆走了。安迪知道,她今天再也不会来了。

第六章

奇妙的储蓄袜子

第二天是星期六。十二点安迪已经放学了，他快活地蹦蹦跳跳回家去。午饭前还有足够的时间和外婆一起补做与海盗搏斗的事儿。今天下午他们将把老虎捕猎到手，明天长长的一整天星期日可以进行一项新的活动——也许坐上一艘火箭飞到月亮上去……

安迪蹦跳着穿过花园门，向苹果树眨眨眼睛，他必须先把书包送到屋里去，并问候母亲一声。

母亲站在走廊台阶上，系着头巾，正在把地毯抖干净。

“很好，你在这里呢。”她说，“你究竟想什么时候把你的内衣和袜子放好？这些洗好的衣服从昨天起就放在你寝室的桌子上，你赶快去把它们收拾好！”

安迪问：“现在就去吗？可现在我没时间。”

“现在就去！”母亲以她在家里特有的威严语气说。

当安迪把内衣裤塞进抽屉时，突然听见他的床下有呼哧呼哧喘气的声音。

“是贝洛吗？你在那下面干什么呢？”

安迪趴下身子。如果贝洛干了什么坏事，它就会爬进最近的床下藏起来。

“出来，贝洛！快点儿！”

贝洛根本不理睬。当安迪也爬到床下时，看见贝洛坐在最黑暗的角落里，威胁地发出呼噜声，眼睛闪闪发光。

“你的嘴里叼着什么，贝洛？交给我！赶快！”

贝洛大声呼噜着。安迪抓住它的前爪子，把它从床底下拉出来。贝洛恼怒地哀鸣着。它嘴里叼着安迪红白横条花纹的袜子，无论如何也不交出来。

这个贝洛!安迪一边骂一边从贝洛嘴里硬拉那双袜子，他不得不用力掰开贝洛的嘴。两只袜子都破了，一只在脚后跟处有一个洞，这个洞大得安迪的拳头都能穿过去。第二只的洞更大，安迪的两个拳头都可以穿过去。

安迪气得满脸通红，可他又实在舍不得狠狠教训可恨的贝洛。贝洛傲慢地把头转向一边，好像这一切与它毫不相干。它斜着眼看着安迪，显出一副十分狂妄的样子，好像在说："谁的错?难道是我的错吗?你要是昨天把你的袜子及时收起来，我今天是不会把它们从桌子上拿走的!就算现在这双袜子被咬碎了，也不能怪我!"

安迪看着这双不幸的袜子，想象着母亲知道了会多么生气，他差点儿哭了。

忽然他想到了什么，于是飞快地跑进花园，从栅栏缺口爬了过去，在开着的阁楼小屋窗户下喊着："芬克太太!"

那个灰白头发向两边分开梳着的头，出现在花盆后面。

"你上来吧!"

和昨天相比，楼上变得舒适多了。看来老奶奶一直

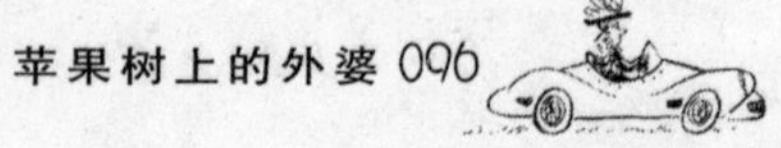

收拾到深夜。所有的窗户都挂上了窗帘，墙上挂着一面钟，发出从容不迫的滴答声；鹦鹉笼和鱼缸之间铺上了一块花边桌布，桌布上面摆着一张一位夫人和两个小姑娘的合影，小姑娘们长着淡黄色的头发，浅色的眼睛很漂亮。

安迪从口袋里掏出那只带有小洞的袜子，递给老奶奶。

"我的天哪!"老奶奶说，"你想让我帮你把它织补好吗?"

"是的。如果还能补的话，请您马上帮我织补!"

老奶奶看了一下钟，她说她还得去买东西，今天商店只开到中午。

"这事我可以干!"安迪喊道，"我母亲有时也派我去买东西。我几乎从没忘记过什么。"

老奶奶给安迪搁下纸条和铅笔，"记下来：一公斤面粉……"

"写'面粉'这个单词要写'h'。"安迪自信地大声说。老奶奶诧异地注视着他。

"因为'骆驼'一词没有'h'!"安迪希望老奶奶会表扬他。然后他继续写：一升牛奶、半个面包、一包奶酪……有好多东西要买。

"不要香肠吗?"安迪问。在他家里星期天总有香肠。

老奶奶说，天气太热了，香肠不好保存，现在是夏天。

安迪建议，把香肠放到冰箱里，但他立刻觉察到，他是多么愚蠢——昨天在卸家具时自己已经看见了，这位老奶奶没有冰箱。

老奶奶把她的钱包放进购物袋，安迪轰隆轰隆地跑下楼梯。

佐伊伯利希太太朝着大门脱口而出："究竟是谁这么吵？"

"我去买东西，给芬克太太买！"

安迪已经跑出了房子，这时老奶奶从窗户里喊道："火柴！三盒！请别忘了！"

在街角的自选商店里，安迪所需要的东西应有尽有。当他推着购物车，按纸条上所写的从各个商品区取下那些东西时，觉得自己已经长大了。

安迪提着满满一购物袋东西，又跌跌撞撞地上了楼梯。

看来佐伊伯利希太太早就守候在大门后面了。她像从挂钟里伸出头来的小杜鹃一样，探着头咕哝道："我多么想知道，这种轰隆声什么时候才能停止！"

安迪在阁楼的小厨房里把买来的东西从购物袋里取出来。

"火柴在哪儿？"老奶奶问。

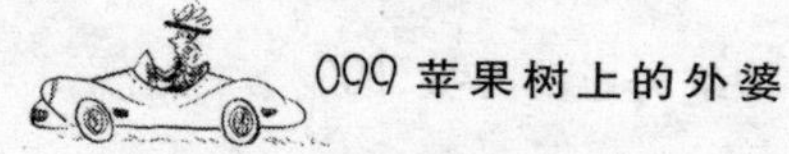

哎呀!火柴!

安迪拿了钱包想返回商店去。突然他失去了勇气，站住了，手搭在门把手上，说:“佐伊伯利希太太肯定在楼梯门口等着，我要是从她身边过，她会骂我。她说我下楼时砰砰响!……”

“这没什么呀?为什么你不做给她看看，印第安人是如何蹑手蹑脚走路的?并且问问她，她是否也需要一些什么东西，你可以捎给她。”

安迪倔强地绷着脸。给佐伊伯利希太太带东西?他可不愿意!

他慢慢地走下楼梯，没有发出砰砰的声音。佐伊伯利希太太警惕地看着他，不耐烦地说:“楼梯间又不是儿童游艺场。你究竟还想在这里爬上爬下多少次?”

“最后一次了!”安迪说:“我忘买火柴了。”

安迪差不多已经到了楼下，他鼓起很大的勇气转过身说:“如果您有什么需要的东西，我可以给您带来……”

佐伊伯利希太太看着安迪，她好像没真正听见这句话似的。她先是吃惊地说了声“不”，然后又说“谢谢”，接着又说:“如果只是火柴的话，那我可以借给芬克太太一盒。”

安迪拿着一盒火柴踮着脚又上了楼。他给老奶奶解释他怎么这么快又回来了。老奶奶说:“你瞧，佐伊伯利希

太太也不是那么不通情达理吧!这会儿工夫你的袜子也补好了。另外一只怎么样?它是完好的吗?"

安迪拿出洞有两个拳头大小的第二只袜子。

"我的天啊!整个后跟都没有了!"老奶奶不知所措地打量着这破烂不堪的东西,说,"这是那个汪汪叫的家伙干的?"

安迪点点头。

"这已经不能再织补了!"老奶奶说。

安迪克制着自己,努力不显露出自己是多么失望。他使劲止住眼泪。

"啊!对了,"老奶奶说,"我还得买点儿东西。你想不想在这段时间帮我浇浇花?我一会儿就回来。"

老奶奶出去了……

她回来时,手里拿着一个纸袋。

"我们两个总是这么走运,你和我。"由于刚上楼梯,她有些上气不接下气,"蓝色横条花纹的、绿色横条花纹的……应有尽有。只有这唯一的一双是红色横条花纹的!"

老奶奶把袋子里的东西抖落在桌子上,两只新袜子从里面倒出来,与安迪的那两只破袜子花色十分相似。

"噢!"安迪欢呼起来。他马上把新袜子穿上,想把旧的扔到纸篓里去。

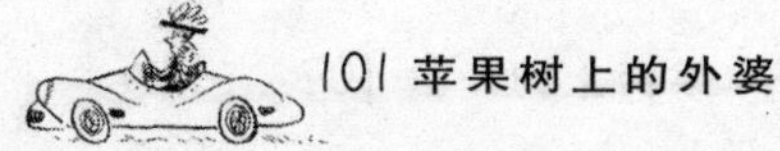

老奶奶问："你可以送给我一只吗？我们用它来做储蓄袜子。你注意看。"她走向那棵椴树，用衣夹把袜子夹在竹竿支架上。这只袜子从绿叶中间最上面的横杆垂下来，红一条白一条，煞是有趣。安迪感到惊奇：在袜子里存钱？他在家里有一个专用的小猪储蓄罐。

老奶奶说："后天——星期一，我就有钱了，然后就开始织补我们的袜子。不是用针和线，而是用格罗森[1]和先令来织补。我们每天往袜子里投钱，就像喂金鱼和鹦鹉一样。每当攒到十先令时，就用彩线扎起来。你想看怎么存钱吗？让我们先拿纽扣试一下。"

安迪取来针线盒。在纽扣匣里有许多各种颜色和大小的旧纽扣。老奶奶让安迪每次数出十个纽扣，装进袜子里，再用一根毛线扎起来，这样就形成一个挨着一个的圆结节。最后，袜子钱袋看上去好像是一条红白横条花纹的大毛毛虫挂在椴树的嫩枝中间。

"要是袜子满了……"安迪问，"我们用这些钱干什么呢？买治'湿风病'的被子吗？"

"好主意！"老奶奶说，"然后我们再重新存钱。"

"那么，然后我们又买什么呢？"安迪琢磨着说，"买

---

① 格罗森：欧元启用之前，奥地利最小的硬币单位，等于百分之一奥地利先令。——译者注

一台冰箱?”

“好主意!”老奶奶赞同着。

“或者买一台电视机?”

“那就更好啦!”

安迪想:如果他们继续存下去,那么必定有一天老奶奶会拥有她所需要的一切。以后将怎么样呢?

“听你这样说,就好像我是唯一需要别人帮助的人。”老奶奶说,“你不知道还有些人在冬天受冻,因为煤是这么贵;有的人吃着没有黄油的面包,穿着带窟窿的鞋。”

噢,不,这些安迪都知道!他说:“甚至还有一些孩子挨饿!我父亲给我讲过。”

“是啊,有这样的人,比如在印度就有。”老奶奶说。

印度!

“我,我现在得走了。”安迪突然跳起来。

老奶奶祝愿他过一个愉快的星期天,告诉他下星期会得到一个李子蛋糕。

当安迪爬过栅栏时,母亲对着窗口喊:“你在这儿呢,安迪!我正想叫你吃午饭呢。去,洗手去。”

安迪再也没有时间顾及苹果树了……

事情一点儿也不顺当:下午安迪得和父母一起去拜

访叔叔和婶婶。他拒绝了，他说他想留在家里，就一个人，为什么不能一个人留在家里呢？他已经不再是小宝宝了，贝洛可以保护他……可是安迪的理由毫无作用，他不得不穿上干净的白色衬衣跟着父母去叔叔家。

约尔格应邀去参加生日聚会了。克里斯特尔第一次去马厩帮工。

"总是我和你们去!"安迪嘟嘟囔囔地埋怨着，"就因为我最小，你们不让我做我想做的事。"

"根本不是这回事，安迪。"母亲边说着，边把一条干净的手绢塞进他的衣服口袋里，"你常常是想干什么就干什么的。我要是你的话，在听写又出了六个错儿之后，就不会再埋怨来埋怨去的了……"

好像这些事之间有什么关系似的!明明听写是一回事，去拜访叔叔和婶婶是另一回事嘛。

当安迪走在父亲和母亲之间穿过花园时，他都没有向苹果树看一眼，他蛮有把握地感到，外婆正在苹果树上等着他。如果他今天下午又不来的话，外婆会说什么呢？

正像安迪想象的那样，这次拜访实在无聊。大人们让安迪坐在一把弹簧垫沙发椅上，吃蛋糕。他强忍着做这两件事，一言不发。

"你们的安迪是一个多么文静的孩子啊!"叔叔说道，

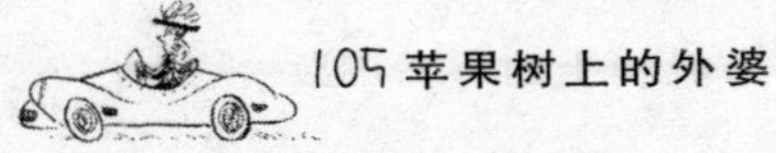

“约尔格可是完全不一样!”

安迪生气了。他不想做个文静的孩子。也许他应该发出一些“喂”、“啊嗬”的吼声吧?还是应该在屋子里翻上三个跟头?他做的事总是不合大人们的心意——佐伊伯利希太太认为他太吵,叔叔又认为他太文静。

拜访了叔叔、婶婶之后,他们来到市郊。跑马场和马厩位于绿阴之中。克里斯特尔在马厩里跑来跑去,好像她早就是这儿的一员似的。她穿着黑色的高筒靴,系着

一条大橡胶围裙，手里拿着一把粪叉。克里斯特尔十分骄傲地讲到马术教练对她很满意。然后她给安迪看她照顾的马。赛马站在通道两侧的马栏中，别着头，嘶鸣着，想跑出去。

“哪一匹性子最烈？”安迪问。

克里斯特尔领着他走到一匹棕色的牡马跟前，这匹马正用蹄子踢着木板隔墙，打着响鼻。尽管如此，安迪觉得它还是远远不如他从草原套来的那匹黑马那么性烈。

后来，安迪又观看了克里斯特尔如何上她的第一节骑马课。他们终于回家了。到家时天已经黑了。夜风轻轻吹拂着苹果树。

第七章

奶奶的心事

第二天早晨又下雨了。这真令人失望。

“好一个雨下个不停的星期天!”母亲说,“多么令人高兴啊! 这样我们可以舒舒服服地待在家里,好好儿地休息休息。”

安迪觉得这太让人沮丧了,因为他根本不想休息。

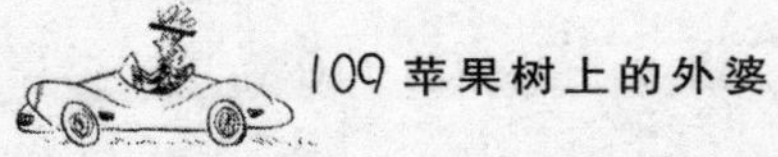

他站在走廊上，呆呆地望着花园。雨水在路上流淌，屋檐水槽尽头的地面上形成了一个越来越大的小水洼。到处是劈劈啪啪的雨点飞溅声、雨水滴答声和潺潺流水声。

安迪绝望地满屋子踱来踱去，和贝洛玩一玩，喂一喂金仓鼠，翻翻他的童话书，又返回走廊，重新望着雨地。

父亲舒适地躺在躺椅上看报。

“可怜的安迪!”父亲说，“也许下午天会变好的，那么你又可以爬上你的苹果树了。你最喜欢在那个地方……”

“他不是‘可怜的安迪’!”坐在桌旁写信的母亲喊道，“为什么你不玩你的小火车呢?或者和约尔格一起玩?为什么总是喜欢爬上苹果树呢?”

“约尔格?他可不跟我玩!他说我是小不点儿!”安迪忍着怨气回答,他那种听起来受过伤害的语调,一定会让父母发觉,约尔格的傲慢使他多么恼火。

雨一直在下。吃中饭时,打击乐作为用餐音乐回响在走廊上空。

后来,父母亲躺下睡一会儿午觉。

家里静悄悄的。

“来,贝洛!”安迪说,“我们去串门。”

安迪和贝洛跑进雨中,低着头蜷缩着身体钻过栅栏缺口,安迪发现佐伊伯利希家的大门敞开着。他们一共六只脚在擦脚垫上好好儿蹭干净之后,就轻轻地上楼找老奶奶去了。在楼梯间里,安迪就听见缝纫机的隆隆声。

“您好!”安迪说,“我早就想把贝洛带来,这就是它。”

老奶奶中断了她的缝纫活儿。她和安迪握握手,抚摸着贝洛的皮毛。贝洛发出鼻息声,立即摇起了尾巴,表示它在这里感到很快活。

然后,缝纫机又开始发出隆隆声。右边的大纸箱子里装着裁剪好的布块,左边的衣物筐里装着缝好的罩裙和围裙。

“今天可是星期天啊!”安迪用稍带责备的口气说。

老奶奶眼也没抬地回答说:“今天是星期天,可明天

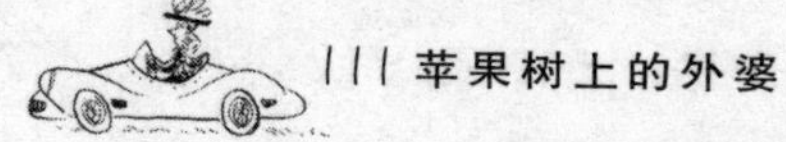

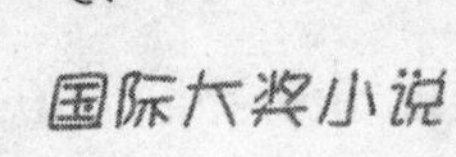

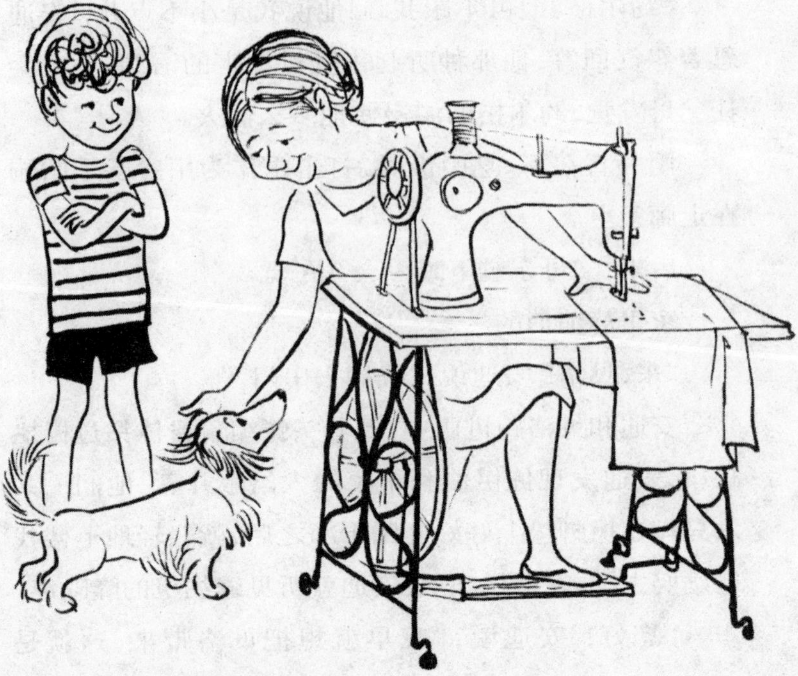

是交货日。因此我必须把这一堆活儿都做完。因为搬家我耽误了些活儿。”

安迪在屋子里环顾了一下，看上去屋子整理得比昨天更舒适了。

两幅画挂在墙上，小柜子的玻璃门后面摆着各种各样漂亮的东西：带金边的咖啡杯，画着花的碟子，精致的高脚酒杯，一个瓷做的跳舞姑娘和一只瓷做的猎獾狗。那只猎獾狗与贝洛很相似。

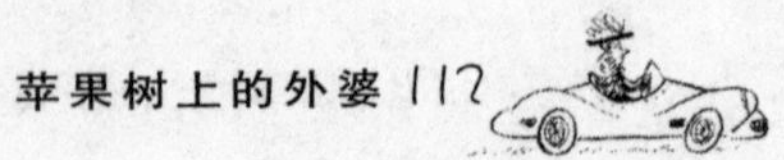

安迪站在隆隆响的缝纫机旁边，观看布料如何从针下涌出来。老奶奶弯着腰埋头干活儿，安迪问她："您的腰还疼吗？"

"有些疼!"她承认道，"因为我从一大早就坐在这儿。等干完了活儿我就站起来!"

"那么午饭呢？"安迪睁大了眼睛问道。

"今天没有午饭。因为我没时间做饭。"

"这可不行!"安迪喊起来，"你必须吃点儿东西!"

安迪这么激动，甚至没察觉自己刚刚对老奶奶用了"你"[1]这个字眼儿。当老奶奶继续有条不紊地做缝纫活儿时，安迪走进小厨房。除了他昨天买来的土豆和一些东西之外，看不到任何可以吃的东西。

安迪又回到屋里，他问老奶奶是否喜欢吃带皮的土豆，又问如何煮熟土豆。

老奶奶给安迪讲了如何煮土豆，不过并没有从她的缝纫活儿上抬起头来。

安迪从厨房里拿来一只锅，这只太大；然后又拿来一只，这只又太小；最后拿来一只中等大小的，这只正合

---

① 按当地的习惯，亲人之间都用"你"作称呼，对外人表示尊敬才称呼"您"。这里安迪不自觉地用"你"称呼，表明他们的关系已经十分亲近。——译者注

适。他在厨房和缝纫机之间跑来跑去。然后他洗了八个土豆,在锅里放了水,端进屋里,问老奶奶水放得是不是合适。他点着了煤气开始煮土豆。他问老奶奶兰芹菜籽和盐放在哪里,往锅里撒了不少这两样调料。当水开始沸腾时,他就把火调小,盖上锅盖儿。

安迪说:“现在该轮到奶酪啦!你有奶油吗?有香葱吗?”

老奶奶既没有奶油,也没有香葱。

因此安迪不得不用牛奶来调奶酪。碗太小,牛奶溢了出来,贝洛一见高兴坏了,它趴在

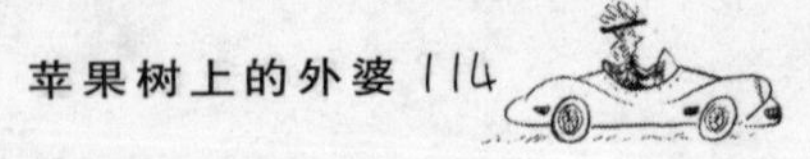

旁边，狂喜地把所有溢出来的牛奶舔了个精光。它甚至用又湿又凉的鼻子轻轻地碰安迪，想得到更多的牛奶。

“再没有了！”安迪说，“现在我去拿香葱。”他跑下楼去，冲进雨中。雨仍然下着，他跑进妈妈的菜园子里。安迪拿着从湿地里拔出的一把香葱和几个小红萝卜跑了回来。他的鞋成了黑糊糊的一团烂泥，他索性脱了鞋，穿着袜子上楼去。

安迪跑上楼上气不接下气地问：“土豆煮熟了吗？”

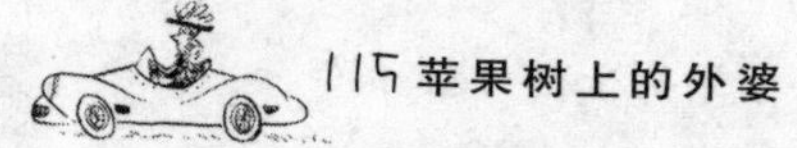

老奶奶告诉安迪，他应该用叉子戳一戳土豆。不过他要是想掀起锅盖，就必须拿一块儿抹布，这样就不会烫伤自己。

做饭真是一件令人兴奋的事——安迪这么认为。这种兴奋与捕猎老虎的兴奋完全不同，而且做饭显得更有趣，责任更重大。

安迪掀起锅盖——白色的蒸气迎面扑来，他用叉子戳了戳最上面的土豆。

“还没煮熟！”他喊道。然后他取来一把旧剪刀，把香葱剪成小块儿，又把小红萝卜在奶酪碗的中央摆成一个红色的圆圈。所有的事都做完了，安迪又戳了戳土豆，他觉得自己简直像一名真正的厨师了。

“怎么还不熟！”

安迪回到屋里。缝纫机仍旧隆隆响着。他在抽屉柜上的照片前站住了，仔细地端详这张照片。

“这是谁？”安迪问。

“那两个小姑娘吗？我的孙女！”老奶奶说。

“她们在哪儿？”

老奶奶好久没回答，缝纫机也没停下来，她说：“她们在很远的地方。”

“比印度还远吗？”

“是的，在加拿大。”

安迪觉察到，谈起孙女们让老奶奶很伤心。好一会儿除了缝纫机的隆隆声什么也听不见。安迪站在门口说："现在我知道我们为什么存钱了。是为了去加拿大。"

突然，安迪想起了土豆。他跑进厨房查看，大部分土豆皮已经裂开了。"熟了！"他喊道。

"我也做完了！"从屋里传出老奶奶的喊声。

安迪摆好了餐具——两个碟子、两把刀子、两把叉子。老奶奶说，没有伴儿吃东西味道不香！

土豆煮过火了，奶酪里少了点儿盐，虽然安迪已经很认真地洗了小红萝卜，但上面还是挂着一些泥土，咬起来嚓嚓地响。但是老奶奶却认为，对于第一次做饭的安迪来说一切都做得很棒。

老奶奶削好最后两个土豆，一个给自己，一个给安迪。这时，她顺口问安迪有没有外婆和奶奶。

安迪窘得面红耳赤。他心跳得很快，不知道该怎么回答。

"没有——有——根本没有！"安迪结结巴巴地说，"我可以分给贝洛一点儿土豆吗？它一直缠着要吃……"

贝洛不喜欢吃土豆，这一点安迪是知道的。可是不这样打岔的话，他怎么才能回避老奶奶疑惑的目光呢？

贝洛用嘴推着土豆在屋子里满地跑，安迪不得不跟在它后面耐心地劝说，直到贝洛先生宽容而迁就地吃进一小块儿。

“我有一位凭空想象出来的外婆。”等安迪回到桌子旁时他说，“这位外婆和我一起做了一些令人兴奋的事情，差不多每天……”

“这想必好玩极了!”老奶奶点点头说，“这样一位想象出来的外婆比一位真正的外婆有趣多了，是吗?她肯定允许你做一些平时不能做的事情……”

“所有的!”安迪大声喊道，“所有的事她都允许我做!她反对大人们过多地禁止孩子们……”

老奶奶亲切地微笑着说：“我可以想象出她怎样宠爱你! 她经常和你一起去玩具商店，任你挑选你想要的玩具吗?”

“不，到现在为止我们还没去过那里……”安迪遗憾地说，他决心以后和外婆把逛玩具商店补上。

老奶奶吃完了饭，身体向后靠了靠，她抱着胳臂若有所思地看着安迪说：“你知道我为什么能理解你想象出一个外婆来吗?因为我自己也曾想象和我的孙女们在一起。比如如果我去散步，我就经常想象她们走在我身边——一个在我右边，一个在我左边。然后我想象，她们说什么，她们如何问我那些好玩的事情……”

“都是些什么事情?”安迪想知道。

“噢，比如，天使晚上是不是睡在一片云彩上，还是

干脆漫天飞翔；再比如，蚯蚓根本没有真正的眼睛，它们怎么知道是在向前爬，而不是在往回爬呢；还有，如果一个世界上最高的男人和一个最矮的女人结婚，会生出什么样的孩子来呢……"

"中等个儿的！"安迪说，"她们也会问为什么通心粉不像甘蔗一样长在田地里吗？"

"这事儿她们甚至都问了两遍了。还问是否有女妖和巫师……"

安迪肯定地说："她们也问你，为什么上帝允许那些说谎、偷东西，总之做坏事的恶人存在吧？……"

老奶奶点点头说："是啊，这些事她们都问，我尽可能回答得让她们满意。然后我就想象，我如何和两个孙女去动物园或者去糕点甜食店……"

"也去游艺场吗？"安迪急切地问，"你也和她们坐旋转木马和船形秋千吗？"

"船形秋千？不，这对一位有风湿病的老太太不太合适……"

安迪自豪地说："我的外婆和我一起打船形秋千，我想玩多久、荡多高，她就玩多久、荡多高。她还射大礼帽靶，给我赢了一个玩具熊、一盒巧克力，还有一个眼睛可以活动的娃娃。她有一辆安装了许多有趣装置的小汽车和……"

突然，安迪停止了讲述，有些不安地看着老奶奶。安迪的外婆这么富有，这么有本事，一定伤害了老奶奶……

可是老奶奶仍然向安迪亲切地微笑着，充分理解地点着头说：“真是一个最棒的星期天外婆！你有这么一个外婆真好。我呢，你看到了，我只能是一个工作日奶奶。”

“这有什么关系呢！”安迪毫不犹豫地喊道。他很想拥抱老奶奶，只那么稍微拥抱一下。可是他没这么做，只是帮老奶奶把餐具端进厨房里去了。

第八章

幸福的安迪

星期一中午，安迪看见走廊上放着一碟子李子蛋糕，一大堆蛋糕切片层层重叠，还热着，散发着香味，蛋糕上撒着绵白糖。几只贪婪的马蜂围绕着碟子嗡嗡地叫，落在黏糊糊发亮的李子上。

约尔格坐在放着碟子的桌子角儿上。

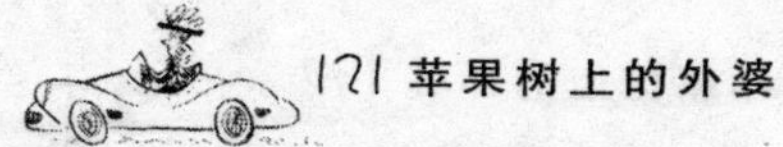

“这是给你的!”约尔格指着蛋糕说,“你知道这是谁给的吗?”他的语气中透着疑惑,好像他认为这一切是一个错误似的。

安迪点点头说:“我知道,这是她答应我的!”

“谁?”

“我的新奶奶!”安迪挑衅地看着哥哥。

“你,和你奶奶!”约尔格用手指敲敲前额,意思是说安迪在胡闹。接着,他把手伸向那堆蛋糕,没等安迪开腔,他已经把最上面的一块拿走咬了一口。

安迪把碟子拉开了。约尔格吃了自己的蛋糕,还伤害他——安迪吃的亏太多了!

“这回看来起码是一个真的奶奶了——不是想象出来的!”约尔格说,“一位不真实的奶奶不能烤出这么真实的李子蛋糕……另外,这位真奶奶拜访了母亲,还说你是她所见过的最乖的孩子。母亲问真奶奶,她是不是搞错了……我还能再吃一块吗?”

“不行!”安迪坚决地说着走进厨房,他把碟子拿走了。母亲左右吻着安迪的面颊,向他叙述着他已知道了的情况:新的邻居来过了,她是一位十分慈祥的老奶奶,她大大地夸奖了安迪助人为乐的行为……

母亲抚摸着安迪的头,把他的头发弄得乱蓬蓬的。她说:“你不明白,安迪。要是人们夸奖一位母亲的孩子,这对她来说是多么开心的事!”然后母亲告诉安迪，他要是今天下午把碟子送回去的话，他可以给老奶奶带去一瓶新做好的果酱和几枝花园里的玫瑰花。

这个碟子是老奶奶家玻璃柜里那些带金边的精致碟子中的一个。安迪把它包在绵纸里，和果酱、母亲给他从灌木丛中折下来的玫瑰花束一起放在篮子里。

“像小红帽送给外婆的篮子一样!”当安迪提着篮子要走时,母亲笑着说,“只是还缺少果子酒,等一等!”

母亲拿来一瓶自己做的果汁,开玩笑地对安迪说,如果他碰到了狼先生的话,应该用好听的话哄骗它,无论如何也不能让狼把自己吃掉。安迪穿过屋前花园,因为他的篮子里净是些易碎的东西,所以这次他不可能从栅栏缺口爬过去。

老奶奶坐在窗前,她下楼替安迪打开花园的门。她对这所有的礼物那么满意,都让安迪有些不知所措了。老奶奶让他把那个碟子和其他的碟子放在一起,把玫瑰花插到一只花瓶里。

“我特别特别喜欢花……”老奶奶说。

“还有动物和孩子!”安迪补充道。

老奶奶露出微笑,因为安迪已经完全体会到她的爱心。

老奶奶继续说:“今天早上,当我把火柴还给佐伊伯利希太太时,她说可以把花园里的一块地提供给我。明年春天我可以在那里开辟一个花坛。可惜今年种花已经太晚了。”

“一点儿也不晚!”安迪喊道,“我们家有一些花,现在正是开始种的时候:丁香,紫菀,荷包牡丹……我们可以移栽这些花……这很简单!”

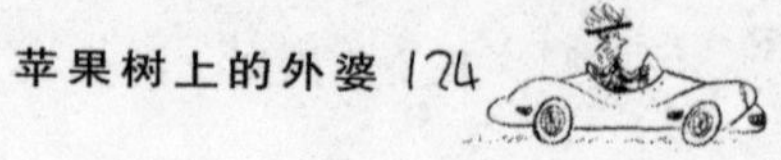

给新奶奶种一个花坛的想法使安迪特别兴奋，他忍不住想马上回家移花。老奶奶拦住了他，因为安迪根本不知道他父母是不是愿意把他们的丁香和紫菀送给别人，其次……

“这一点我不用问就知道。”安迪打断老奶奶的话，“我父母很愿意把多余的东西送人。我家花园里的花长得那么密，就算刨出几棵，也一点儿都不影响……”

其次，老奶奶继续说，她有许多活儿要做；除了为一位老奶奶移栽花之外，安迪肯定也还有其他要做的事……

安迪没等老奶奶说完就奔出房门，咚咚地下了楼梯。当佐伊伯利希太太愁眉苦脸地出现时，安迪已经到了大门外面。

母亲立刻同意了，安迪和母亲一起在花园里挑出几种植物，给它们浇了水，好使它们较容易地连同土团从潮湿的地里挖出来，这样就不会损害它们的根了。他们小心翼翼地把这些植物一棵挨一棵放进一个浅的大塑料盆里。

母亲问道：“你知道在新奶奶那边，你们应该怎样种这些植物吗？告诉新奶奶，她必须用铲子为每棵植物挖一个合适的坑，小心地把包着根的土团放进去，把土压实，然后必须浇足水……”

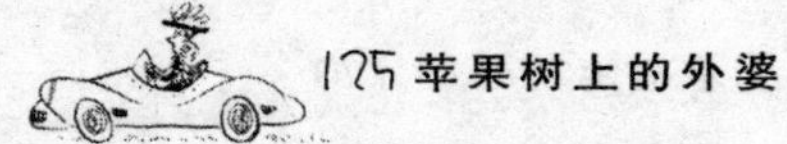

“我不告诉她这些！”安迪解释说，“因为她患有‘湿风病’，不能弯腰。这些事我一个人干就行了。你不相信我吗？”安迪端起了塑料盆。

“当然相信。你已经长大了。”

母亲走在安迪身边，帮他打开花园的大门。

“新奶奶需要你，安迪，不是吗？”

“是的！”安迪自豪地说，“买东西、做饭、整理衣物、种花——她经常会需要我！”

“她比苹果树上的外婆更需要你！”母亲一边往回走一边告诉安迪。

安迪在马路上，站在两个花园门之间沉思了片刻。如果他想得没错，苹果树上的外婆根本不需要他！苹果树上的外婆一个人能做所有的事，而且做得要比安迪好多了。她不用在一只红白横条的袜子里存钱，就拥有她想要的一切——小汽车、帆船……要是她缺什么，她也能为自己搞到，比如马……对于她来说，一些开花灌木——丁香和秋海棠——没有什么特别的！她会摇着羽饰帽子问，安迪是不是不知道，她的父亲是某某国国王的园艺总管，在那里栽培了名贵的玫瑰，还有蓝色郁金香和其他珍稀品种。然后，安迪和外婆乘喷气式飞机飞往某某国，外婆就是在那里从她父亲手上继承了一座童话般神奇的美丽花园，安迪在这一片芳香扑鼻、五光十色

的花朵和绿叶中间，觉得手里端着几株紫菀简直是太寒碜啦……

幸亏老奶奶完全不同。当她看到安迪的塑料盆时，高兴得拍起手来。

“这么多!还有秋海棠!”她幸福地叫起来，安迪不让她帮着移栽花。可老奶奶非要一起做不可，他们差点儿争吵起来。后来安迪搬来了踏脚凳，老奶奶舒适地坐在上面，用一个小铲子挖土，安迪才同意她一起干起来。

很快这块地变成了一个漂亮的五彩缤纷的花坛。他们在外面一圈种了有着柔和的淡青色、微红色和淡紫色的紫菀，然后是闪光的秋海棠，再往里是开着白色和粉红色花的丁香和荷包牡丹。

“你想不想听一个关于种花的故事呢？”老奶奶问。

“是一个真实的故事呢，还是一个想象出来的故事？”

“是一件我自己经历的事。其实不是关于种花的故事，而是关于种树的故事。那时，我还是一个小姑娘，第一次听到‘原始森林’这个词儿。我好奇地问这是什么意思，我那幽默的弗兰茨叔叔说：‘那是一片壮丽的大森林，在那里到处长着钟表。’我相信了他的每句话。夜里，当大家都睡觉了，我就偷偷地起床，把我可以找到的所有的钟表都收集起来：我父亲用一条链子戴在坎肩口袋里的银表，我母亲的手表，厨房里的闹表，甚至连煮蛋计时用的沙漏我都带走了。我把所有的钟表都拿到花园里，挖了一些洞把这些钟表整整齐齐地放进去，然后把土铲到上面，用脚踩实，拿喷壶浇足水，又回去睡觉。早晨醒来我立刻跑出去，看第一批钟表树尖是不是长出来了。这时，我母亲去警察局报告说：夜里一个小偷把我家所有的钟表都偷走了……”

安迪根本不相信这些。“种钟表！你怎么会做这样的傻事呢！原始森林——嗬！写这个字时可没有‘h’……”安迪觉得自己很聪明，“后来他们没嘲笑你吗？”安迪问老奶奶。

“他们嘲笑得很厉害。警察带着一只狼狗来了，这只狗立刻小跑着来到花园里，在我埋下钟表的地方站住

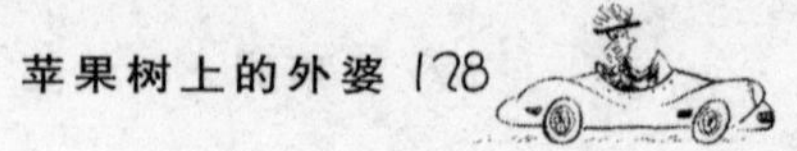

了，叫起来。警察说：‘安静!’当他蹲下时，又说：‘究竟是什么东西发出滴答的声音?’这是闹表在响。后来他把所有的钟表都挖出来，我含着眼泪招认了我夜里的恶作剧……”

“……那么你生那位弗兰茨叔叔的气了吗?”安迪问。

“有一点儿生气。”

“你挨打了吗?”尽管安迪自己从来没挨过打，但是他总是认为，其他的孩子都挨过打。

“挨了一点儿打。”老奶奶承认了这一点。

这时，花坛布置完了。安迪站在踏脚凳旁欣赏着他的杰作。

“多么漂亮啊!”老奶奶感叹着，“太漂亮啦!”她抱着胳膊观赏着这些花，然后用和刚才所说“多漂亮啊”同样的语调继续说，“我不想由于我的缘故使你忘掉你的外婆，安迪!当我第一次看到你时，你和她正在苹果树上一起玩儿，对吗?”

安迪点点头。

“有多久你没去那儿了?是自从我来了以后吗?”

安迪耸耸肩膀，看着自己的双手，他的双手被泥土弄得黑糊糊、沉甸甸的。

安迪猛然想起，昨天夜里他曾经梦见外婆。他们在马戏团里。外婆骑着一只虎在安迪面前不停地转圈。安

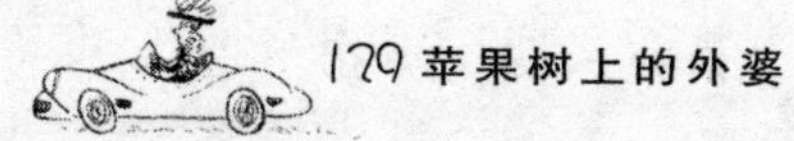

迪追着她跑，喊着："等我!"可是外婆骑着虎不停地跑，只转过一次身，向安迪挥挥手……

老奶奶说："安迪，你为什么不能同时有外婆和奶奶呢？一个有风湿病，需要你帮助；一个在苹果树上，和你一起做令人兴奋的游戏？"

真的，为什么安迪不能一起拥有她们呢？许多孩子都有外婆和奶奶。

老奶奶说："你要是有时给我讲讲你外婆的故事，我会高兴的。你是不是失去了她的音信？"

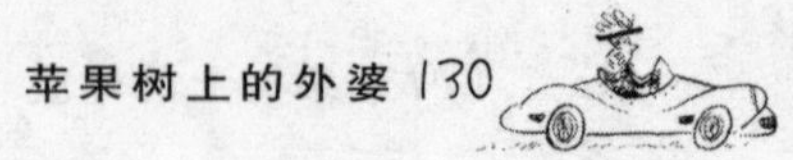

“噢!不,我知道,她在印度!正在捕猎老虎!”安迪立刻回答,“我和她一起去印度。她有一只大帆船,你知道吗,我们钻进风暴里去了……”

安迪兴致勃勃地讲着,在老奶奶面前跳来跳去,挥动着双臂,想准确地向老奶奶说明船上发生的情况:他如何降下了帆,如何把马匹和小汽车拴紧,海浪是如何拍打着帆船,浪高得可怕——所有这一切,安迪描述得惟妙惟肖。

这真是一件奇怪的事:安迪不想向任何人透露的一

切，现在都讲给新奶奶听了。

“我真幸运!”安迪想，“起初，我一个奶奶也没有，现在我有两个了，一个外婆，一个奶奶——而且可以给一个讲另一个的故事……”

米拉·洛贝

Mira Lobe

米拉·洛贝(Mira Lobe)是出生于德国的犹太人，后来定居在奥地利维也纳，1948 年至 1992 年间，她创作了近百部儿童和青少年读物，是德语地区家喻户晓的儿童文学作家。她多次获得奥地利国家和地区儿童与青少年文学奖项。在奥地利，甚至设有以她的名字命名的“米拉·洛贝儿童与青少年文学奖”。

《苹果树上的外婆》于 1965 年获得奥地利国家儿童与青少年文学奖，历经 40 余年，已成为公认的德语儿童文学经典作品，直到现在仍在不断地再版。它也是米拉·洛贝作品中被翻译出版次数最多的一部，成为世界各国孩子们都爱读的故事。

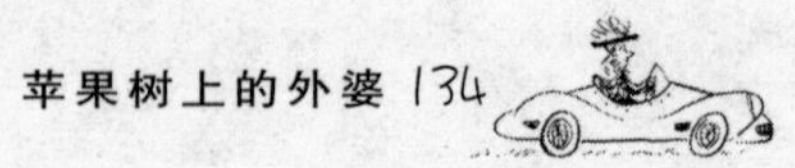

孩子的心总是在幻想中飞翔

刘　畅/书评人

我有一个邻居，是读小学二年级的男孩，他妈妈周末才回家，他爸爸研究机器人，每天都很忙，而院子里和小男孩年纪一样大的孩子一个也没有。因为我的工作需要和小朋友打交道，所以我就经常借一些儿童文学书籍给他看，有时也会陪他打羽毛球，玩各种我小时候玩过的游戏，我们玩得开心极了。有时我也会请他给我们的杂志提提意见，他十分热心地帮忙。于是他每天都要来找我，可是我并不能每天都陪他玩。看到他眼中的失望，我内心感到一阵刺痛。当我翻开《苹果树上的外婆》，看到“安迪”时，我又感受到了这种刺痛。

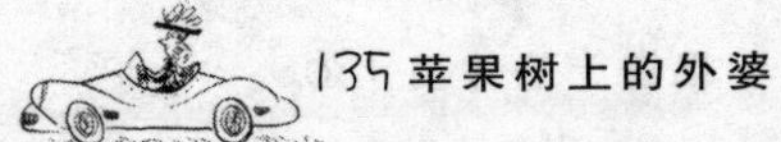

安迪也是一个小男孩，他没有外婆也没有奶奶。因此，他十分羡慕同学的外婆能与同学一起玩旋转木马；羡慕同学有个美国奶奶，还对同学说"哈啰，警察"。可是安迪什么也没有，他的父母也十分繁忙，哥哥姐姐又都有各自的事情，虽然妈妈也说要陪他去坐旋转木马，但是他知道妈妈会头晕，而且妈妈干活太累了需要休息，爸爸更愿意在周末时打理花园，懂事的他压抑了自己的愿望。于是安迪经常独自坐在苹果树上沉思。

弗洛伊德说过，每个孩子从一出生便受到了伤害。社会的规范、愿望的压抑，(各种各样的社会规范都是对个体生物本能的压抑)对小小孩来说都是大大小小的挫折，转化成成长中的一个个心灵创伤。这些创伤一天天累积，犹如一根紧绷的弦，如若不帮它缓一缓，终有一天要断裂。缓解创伤的办法就是玩各种游戏，幻想游戏就是其中的一种。

寂寞的安迪在苹果树上为自己幻想出了一个外婆，带着自己去玩旋转木马，去"魔鬼宫"，去草原套野马，甚至要去印度捕老虎……外婆其实就是"安迪"自己，只不过是安迪内心向往的自己，外化为"外婆"，陪自己玩耍探险。你看外婆的行为完全是一个孩子嘛，吧唧吧唧地喝汤，过马路不看红灯，甚至她还忍不住好奇去拉了车厢里的拉铃绳……不顾及大人任何的禁语。只是这个向

往中的自己比真正的自己更加强大，无所不能，尽情地满足自己日常不能满足的愿望。我们看见外婆出现时经常在织绒线帽，那可是安迪一直想要的啊；比如那辆神奇的汽车，只要按下一个键，想要什么都会有，这可是件令所有人都垂涎的玩意儿。安迪在自己的小世界里感到十分满足，甚至把它当作真实的世界。

可是，孩子的心总是在幻想中飞翔，无法得到栖息是不行的，而且这样整日里幻想是不能被现实接受的。所以当妈妈知道安迪在玩"外婆"游戏时，一再提醒他不要忘记这是想象出来的"外婆"。如果是童话，比如林格伦在"小飞人三部曲"等作品中，总是让这种幻想坚持到底，让孩子的内心达到最大的愉悦。可是我们的作者写的是小说，小说总是指向现实的。孩子总归是要在现实社会中成长的，那么孩子那个内在的、无所羁绊的本能就需要在现实社会中寻找出路，找到自我的位置。在小说后半部分出现的奶奶，就是帮助安迪完成这个任务的。

隔壁新搬来了一位老奶奶，她虽然贫穷，但是喜欢孩子，十分和蔼可亲。安迪也很喜欢奶奶，帮她搬家具，整理房间，当然有困难也会寻求奶奶的帮助，他们成了忘年交。渐渐的，安迪去苹果树找外婆的次数少了。奶奶为了感谢安迪，烤了李子蛋糕送到安迪家里，还向安迪妈妈使劲夸奖安迪是个多么好的孩子。这令安迪十分自豪。奶奶虽然没有外婆那么强大，但是在奶奶那里，安迪感到自己被需要，这使他产生了强烈的幸福感。他在现实中找到了自己的落脚点，在帮助奶奶时释放了自己的压抑，而这种方式又是为社会所赞许的，我们相信他的心灵将得到健康成长。

无论是幻想出来的外婆，还是现实中的奶奶，都受到了孩子的喜爱，前者是因为它的想象力，后者是因为它的温暖。当然，要说最令孩子无法忘怀的还是前者的想象力。

好的童书一定要有想象力。想象力是什么，是让你愿望成真的东西，而且是以一种更令你惊喜更令人炫目的形式出现。这时，大家就疯狂地想和你分享这想象力的盛宴了。《苹果树上的外婆》就是好的童书。相信那辆神奇的汽车已经在每位读者心中开来开去了，那些野马是不是也时常在心中飞奔呢？作者不可压抑的天性和生命力，全部化成绚丽多彩的想象力，在我们的心中、在我们的周围翻腾翩飞。看到这样饱满的想象力，我的第一反应是“是不是我的小邻居——二年级的男孩写的啊”？因为这个小男孩很喜欢给我讲自己将来要发明什么什么的，我已经十分感叹羡慕他的想象力了，羡慕他的想象力还没有被压抑。我觉得自己肯定写不出来了，如此

接近童年的愿望，如此深入儿童的心理，恐怕只有孩童自己了吧，要么就只有像林格伦这样的人，能够回到自己的童年的人。这也许是儿童文学写作的最高境界了。

这本书其实也很值得成人一读的。很久没有看书了，看了这本书忽然明白自己为什么那么喜欢看书，为什么宁愿在周末的阳光下，坐在窗台边看书，也不愿意出门逛街，而且觉得那么惬意。我想，那是因为在书中，我们各种不能实现的愿望全部得到满足，在书中我们重新找回了自己。在城市繁忙的生活中，在商业社会，我们一直在想别人要我们怎么做要我们做什么，我们要如何满足市场，总之我们已经很久不问自己“我到底要什么，我喜欢什么，我希望一切怎么样”了。小时候我们压抑自己体谅父母，长大了，我们压抑自己挣扎着生活。于是一生就这么结束，我们真的甘心吗？不，不甘心！但是，如果我们从小就不知如何在生活的空余去寻找自己，那么我们长大以后也会麻木，不知如何找回自己的。所幸的是，我们的孩子可以看到这样的书；所幸的是有这样的书可以对我们进行棒喝，犹如惊雷！真的很感谢它，在一个繁忙的清晨，在拥挤的地铁车厢里，它让我清醒地认识到这些。

写完这些文字，我告诉自己，一定要找个地方，比如海边，把自己埋在温润的沙堆里，或者让自己漂浮在海

水中；比如山涧中，静静地坐在溪边；或者松针丛中，闭上双眼，让自己的心完全静寂下来，找回童年，然后从那一刻继续前行。我还要找到自己生活中一直想做却迟迟不能去做的事，至少让它们部分实现。感谢这本书！

这七年，因为有你……

2003年，一只来自《时代广场的蟋蟀》从大洋彼岸蹦蹦跳跳地来到你面前；2010年，一头《魔术师的小象》迈着骄傲的步伐带你走进魔幻的世界——“国际大奖小说”已经七岁了！

这七年，因为有你，我们才有信心将这些最优秀的外国儿童文学作品带给中国的小读者；因为有你，我们才有决心将“国际大奖小说”打造成一套经典书系。

在“国际大奖小说”八岁生日的时候，我们要为她穿上新衣，将更美的她带到你的面前！更精美的插图、更流畅的译文、更专业的印刷，“国际大奖小说·升级版”将带给你全新的感受。篇篇文字，饱含着新蕾人对你的祝福，张张美图，让你在阅读的世界中度过快乐的童年！

第一批升级的有：

时代广场的蟋蟀	15.00元
波普先生的企鹅	14.00元
绿拇指男孩	14.80元
傻狗温迪克	14.80元
帅狗杜明尼克	15.00元
狗来了	20.00元
屋顶上的小孩	17.00元
梦幻飞翔岛	18.00元
外公是棵樱桃树	14.80元
魔法灰姑娘	22.00元
爱丽莎的眼睛	28.00元
一百条裙子	12.00元
兔子坡	14.00元
蓝色的海豚岛	16.00元
苹果树上的外婆	15.00元
爱德华的奇妙之旅	16.00元
天使雕像	15.00元
海蒂的天空	26.00元
风之王	16.00元
最后一块拼图	20.00元
洋葱头历险记	24.00元
橡树上的逃亡	25.00元
浪漫鼠德佩罗	19.80元
企鹅的故事	14.00元

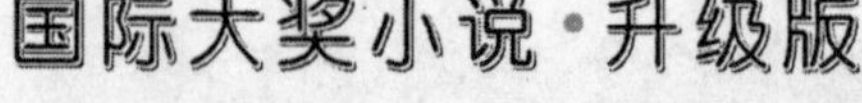

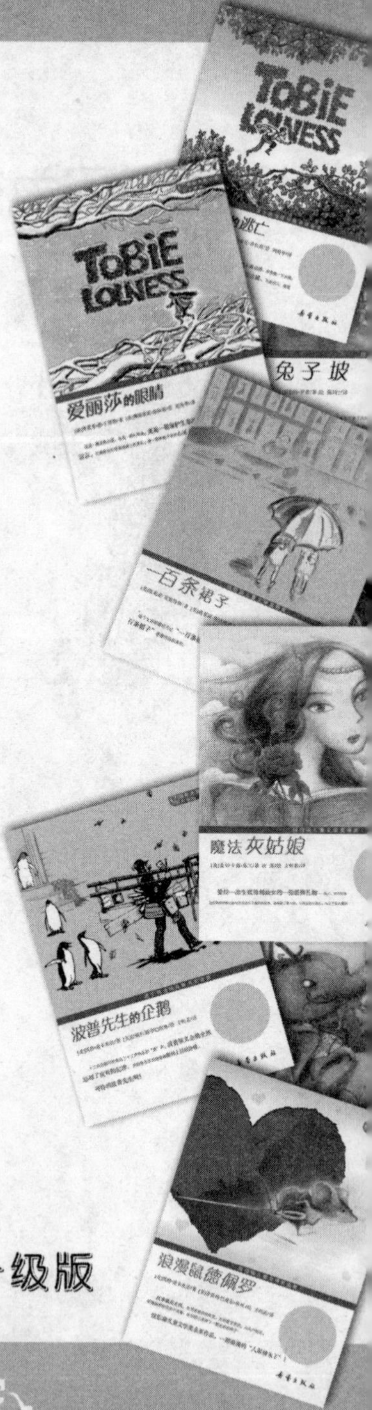